桃紅柳綠 生張熟李

PLANETARY STRANGERS

安於室，不安於日。不
於樹梢與唇齒間，不
於石板路及風聲。不安
豔陽，不安於你手心。
安於懷著未來的今日。
安於偷竊和被擁有，
口井和從今而後。不安
羊群，不安於自己；不
於才能與愚蠢，歡笑
歌聲。不安於那些未
謀面的痣，作者。不安
良善，不安於禍心，不
於一堵牆和半杯水；不
於我始終自信蓬勃。

你我

城市

你我

我們在這裡相遇

Here not Elsewhere

1

我們可以這樣開始……一個滿座的咖啡店，你出現，被安排到我對面的座位，我們微笑，不發一語，從封面認出彼此看的那本書，看彼此喝的咖啡，時間過去，你事先離去的時候，我對起立的你投去一眼。

你到書店找到我讀的那本書，我點了一杯你喝的那種咖啡。

然後我們再也沒有見過對方。再也沒有。

2

或是，在一個異常空閒的下午，你就坐在一個不遠的、舒服的位置，正好還可以看到彼此的臉，又不至於要說話。你的褲子咬著襯衫，繫著皮帶，長度合宜，又不至於整齊到刻意。那件隨意披上的外套……我不再看了。

或許我們時常在同一家咖啡店碰到對方，位置或有不同，距離都差不多。

或許我們說話，隨即意識到對方都太聰明節制，像獵人遇見獵人，釣客遇見釣客，我們禮貌地看著對方，目露懂事的激賞，然後告別，各路而去。

3

或是我們總相約在這裡，每週一天，把平日不說的話、這週遇見的事互相報告一次。那討論世間的對話充斥刻薄、諷刺、黑色，幽默只因信任彼此接受。一同隱蔽在共同創造出的理解範圍，愉快地享受一起孤絕的安慰，和其帶來的歡愉。然後我們依依不捨地告別，回到各自獨立、靜默、空曠的生活。

4

分開的時候他們覺得還有太多話沒說……那日豔陽高照，世界以全彩姿態出現在他們面前（或是將他們包圍其中？）兩人都覺得還有甚麼可以繼續，還沒有走到盡頭，時間和空間應該被延續……於是他們許下一些肯定又曖昧的約定——何時何地——同時兩人都知道那並不代表甚麼，因爲失約的一方並沒有任何懲罰報應。

5

因爲，我想，該發生的就會發生，那些事情不用言說。當我穿越了幾大洋，以你爲方位走過一整個大陸後，「我能上樓嗎？」我會說。彷彿我不過偶然經過。

「你怎麼在這裡？」若你驚喜，我會感到開心。

「現在不方便，明日好嗎？」又或許你說。

「好的，當然。」我說。

然後乘著清晨第一班飛機——不管那是飛去哪兒的——離去。

6

你無法從他人身上索討才氣或愛情。

懂得愛與吸引愛意，就是一種最大的才氣。

想像中的愛人

Imaginary Lover

我想要一個很漂亮的故事，首先要找到一個很漂亮的人。那漂亮不是面孔或身段的，不只是這樣。是一種俐落、灑脫、乾乾淨淨的心理狀況。像雪原裡的一口井。深藏不露，與眾不同。一切從那裡開始。

*

她梳好頭，畫上臉，走出去。她想著她將如何和他說話，雙手握住他雙臂，親吻他左臉右臉。或許他們會撞在一起，趁著微笑的時候放手。他伸手接過她脫下的外套，爲她安排座位，把她的外套手袋放進房間。整個晚上她和身邊的牙醫禮貌地對話，該笑的時候笑，一個白眼都沒翻。

牙醫離開座位片刻，她又喝了一口，隔著仰著的杯子看見了他。他像得到了什麼暗示，還是有什麼默契一樣對她舉杯，丟來微笑。和他說了一晚上話的女子也看見了她，沒當一回事地繼續眨著可以刷窗的睫毛。

白酒讓她雙頰飛紅，她累極快失去控制。或許接下來還有戲，但她踏著鞋子告辭。能送你一程嗎？她以計程車婉拒。意思是：不是你。

她脫掉所有衣服，鬆開髮髻，拿下臉，穿上睡衣：也不是他。從來就不在這裡。

她在被窩裡閉上眼睛。

*

With or without you, I always see the world alone.

你，或沒有你，這世界都是我自己的。

*

起身，打開音樂，喝橙汁，黑咖啡。奶油融化，麵包很香。她想到昨夜桌上不怎麼說話的少年。她可以找他。不用告訴我你的名字，她會說。我們會吃飯，會微笑，會大笑，會接吻激情擁抱翻滾啃噬高潮。同時你我都知道那不算什麼。

因爲我這裡什麼都沒有，有的你也拿不走；你也沒有什麼可以給我，就算你覺得有。我們誰都別自作多情。她微笑。喝下橙汁，麵包有麥子的味道。她打開報紙，看世界上又發生了什麼錯事。

*

我可以愛你，你也可以愛我。想像中的愛人。

快樂的科學

The Science of Happiness

1

半夢半醒間提醒自己微笑。

2

鋪天蓋地的雲蓋下來，灰色的紅，灰色的藍，灰色的灰，灰色的白。像抽走了所有生命，蒙塵的房屋模型。

斜對面，坐著他，塑料一樣的灰白色眼睛，看著窗外。景物不斷向後倒退，但他哪裡也回不去了。

3

他說：我喜歡在飛機上俯瞰一個城市，萬千燈火，每個燈火都是一個不同的故事……

我說，何必呢，從市區回到郊區，已經是完全不同人生。

他對面的妻子像是聽過這些說法千百遍，繼續把東西放進嘴裡，一句話也不想說。

每次從書裡擡起頭，這麼想，還會看多少次這窗外景致。

細裡看，每個房子都變化萬千；大方向來說，無事不是千篇一律。

4

聰明的、懂事的、合宜的終將無聊，你更需要瘋狂的、失控的、驚人的對象——他們做出把心像牙膏一樣全擠出來的模樣，旁邊包藏著禍心的油脂凝固著發著光。

而路上走著這麼多好看的人……每個鼻子、頭髮、大衣和裡面的毛衣。而我估計誰來愛上我都會被我挑剔、仇恨或丟棄。

5

與美醜無關，與貧富無關，與機會和命運無關，與快樂童年、賢妻良夫、美好前景都無關。

要保持快樂，你需要的只是降低標準。

6

她的表情像花瓣不斷飛走的雛菊。

夏日

Eternal Summer

希望你可以愛我
像愛一個無垠的夏日

它瞬間消逝
一去不返
而所有其它日子
都不過是它的影子。

那土司烤焦了

Burnt

1

他說，我和前女友分手了，和你們借的醫療器材，都在她那兒，我有 restraining order（法院禁制令），沒辦法從她那裡把東西拿回來還給你們。

「那……你有她的電話嗎？」

「有，我去找給你……但別說是我給你的。」

「當然。」我說。

他給了我她手機和家裡的電話，雖然是相反的。「我只是不想為我無法拿到的器材負責。」「是的，當然。」我說。

掛了電話以後，找不到他的出借證明。

「先生，不好意思，還是我。我找不到你的名字，能不能再拼一次給我聽？」

他清楚地拼了一次。「謝謝，」我說。「如果有什麼問題，隨時打電話給我。」「好的，先生，謝謝您。」

他聽起來是個好人，友善、負責。那禁制令是從哪裡來的？最好一通電話就能知道對方是不是有家暴還是偏執傾向。我覺得自己好笑。

我還是找不著他的紀錄。

2

兩個銀髮的婆婆。開車載她來的那個，童顏鶴髮，長相還很年輕，講話也很有精神，熱心地說器材用完以後，會主動幫她載回來。使用器材的那個，已經不能自己走了，小心翼翼，慢悠悠地站起來、坐下。兩個人一直保持微笑，且說了好幾次，謝謝、謝謝。

外面下著雨，兩個婆婆的手顯然不夠用，用不著雨傘了。前者還很需要愛、付出和接受，都很願意。後者已經想不到那一步了。她們都微笑著，一段友誼。

3

「我有這些器材要還，我丈夫用不到了，他過世了。」

法文口音和一臉的法文神情，妻子冷著臉，像是還來不及吸收這個消息。像說別人的事，像說「那吐司烤焦了」。

結冰的河面下，一些急轉的漩渦。

他甚至還沒開始用它們。

在這個時刻，你能說什麼？

「你需要退稅收據嗎？」我艱難地問。

「啊一般時刻，都會要吧。」她臉色鬆開半刻。「但現在……」

她留著及肩長髮的兒子迅速地卸下所有器材，那些長期抗戰所需要的：床的欄杆，浴廁的欄杆，進澡盆的長椅……

她沒再說任何一個字，風一樣地去了。

選擇

Decision Decisions

早上 / 中午

四個人：過馬路時，右邊坐在銀灰色保時捷裡的中年人，肥胖，一臉不可一世的模樣。迎面走來滿臉紅皰張開大嘴吃空氣的年輕人，極爲瘦高，估計血液裡流著熱騰騰的毒品。在大廈外過低的水梯盥洗灰白絡腮鬍的老人，旁若無人。旁邊雙手緊握橘紅色手機，激動著發著抖的平頭大漢，像剛被生出來，諸般現實不可置信。

記性 / 忘性

我瞪著電車窗外躲在透明傘下的小人，惦記著不要忘記，不要忘記……記得了小人，忘記了當時想著不要忘記的念頭。

分類

世界上有幾種人：喜歡自拍的人、喜歡包山包海以致名單上動輒幾百人的人、喜歡和名車名建築合照的人、喜歡不看鏡頭的人、喜歡用他人照片的人、喜歡用邏輯簡單的心理測驗結果顯示自己是怎樣個性的人、喜歡角色扮演的人、喜歡清理清單和電子郵件的人、喜歡把這些事情條列出來的人。

失眠

半夜起來想著那盒沒吃到的蛋黃酥。

堅持

努力實現幻想，免得老想。

乖張

偶遇高中同學，她說：有次你合唱團遲到，罰唱歌，你睡眼惺忪地眾人面前一站，二話不說，開嗓就是《歌劇魅影》，眾人大驚。之後你在班上再怎麼睡老師都無所謂了。

那是我嗎？自己聽了都覺得很樂。

環遊世界

每天早上妄想著他方：堆滿書和影碟和古董，又有十人份爐頭咖啡壺。搬去柏林，每天走一條條大街。冰島，每天看光線色塊過日。朋友剛走了世界一週，歐洲尼泊爾東南亞各一個月，越發受不了臺北，索性回山上工作，吃鮮筍，呼吸免費不老空氣，相約去南美，數字卻硬是加了四年。

實際方法是靠舌頭，墨西哥、聖薩爾瓦多、法國、非洲，三天走遍。嘖嘖嘖。

Modern World

你不要選擇，選擇卻一直要你。

鯨魚與酒鬼，之類

The Whale and the Drunkard

飛機沒飛。他帶著留學生標準的大堆行李住進機場旁的旅館，隔日再坐替代航程。不在原本計劃內，但現在將飛經巴黎。機長在升空時不忘提醒：各位乘客別忘了看看左邊的巴黎夜空。

就像大學當年坐輪船往返溫哥華和大學小島，船長說：各位乘客，左邊有鯨魚。然後全船往左奔去。

腦中出現仿古巴黎明信片上，一條蠟筆大鯨魚游在天際。請小心避開鐵塔。他說或許巴黎水族館。我說水族館的生物都很憂鬱。牠該會非常存在性地吃水族館員工扔下來的巨型牛角包和倒入水槽的牛奶咖啡。緊緊閉上眼睛，等一種痛楚散步過巨大的身體。

酒鬼

剛開始，是玻璃瓶撞在一起的聲音。匹匹匹。然後，是一股濃重到聞著都犯暈的新鮮酒味。他從塑膠袋裡拿出講義夾，打開，左邊白紙上一手漂亮的字，整齊列著名字、號碼。他做一種奇怪的買賣，用密碼說話：我今天必須拿到那個袋子，我會在那裡下車，做這個。口氣完全不像醉了，就是聲響很大。

我讀《美國竊賊日記》，用餘光看著他。想著新聞上某個中魔的華人在灰狗巴士上拿刀出來把旁邊的年輕男子殺了，當場挖出心臟，吃個愉快云云。轉念一想酒精最會吃腦，大概很難這樣富有想像力。在這樣魂飛魄散的下班時分，與其在電車上站四十五分鐘，不如讓你挖走心臟。

電話粥

重新睡在過去的房間，高中好友說的，有著「茱麗葉窗」的房間。那幾年我們煲了多少電話粥。整個高中幾乎就剩下粥的回憶。下午三點下課了就回家睡覺，起來吃晚飯，做功課，直到午夜過後，馬拉松式地講電話。在被窩裡又哭又笑，極具哲理性的瘋話們。

溫哥華開始下雨了。綿長地，要一路下到明年春天。窗外傳來溪流聲，冷的剛剛好適合捲曲在紅格被子，綠色毛毯。我不知道往鍋裡扔什麼東西，與什麼容器。

煲電話粥，香港人說。夜裡小聲地細火慢燉。一碗多年的電話粥。意外在此處發現多年前儲下來的一點安寧。不須驚，不用急。緊緊閉上眼，等一種痛楚走過夜裡。

姿勢

Pose

一碗不熱的熱湯
一架走過地上的飛機
不帶仇恨的殺戮
一棵從未存在的樹
完全陌生的痣
一場走錯的筵席
一個沒有愛的情人
做出非常婉約的姿勢。

閱讀、謊言與身體

Between Page, Lie and Body

這裡 Here of Reading

只要有書，我就感到安全。我便知道我不會寂寞，書裡有另一個世界。它們圈著雙臂閉著眼睛，肩並肩站在書櫃上，就等你拍拍肩膀，將它喚醒。它無聲的承諾如此豐富，幾乎從未讓你失望。

於是，雨或晴，你和格納齊諾在柏林喝咖啡——並意識到自己在喝咖啡。與韋勒貝克在陌生熱帶不斷空虛與填滿空虛，饑渴與滿足饑渴。與約翰柏格在博物館一坐就是一個下午，深深掉到畫裡、或記憶，超越時間的慣性。像靠在形態美妙的雕像上稍事休息，它一開始就毋論眞假，它的價值在保存，在從來就是再現，在寫下的那刻已經脫離作者存在，有自己的使／死命。

情感教育 An Education

當我們發現照片裡美麗的裸體其實是死體，無論那裸體多麼美麗，我們也無法再有相同的感覺。漂亮和醜陋的死體或許還是有些差別——但差別不大，因爲死活最大的差別是活體才有空間想像，而死體無論美麗或醜陋都一樣沒有未來。除非它是個雕像，那麼，我們又能重新接受它的冰涼。

動人話語若是謊言，無論曾經多麼好聽，這句話語的命運也終告結束，再也起不了任何作用。嘗試延續一句謊言形同抱著死體不放。唯一的方法是將它化爲雕像，書寫它曾經被聽見，被相信，被以一個眞實信念的方式運作在世上。

但人會緬懷曾經死體活過的時光，謊言卻掃走一切——它從來不是活體，它只讓人意識到自己一直懷抱一具假裝活著的死體。

那裡 Of Unknown

一個人永遠不會眞正了解另一個人，一切不是停止在你認爲你終於認清了，而是停止在不再想像。你再也不想知道、了解、跟進、認識。你拒絕理解和分析究竟發生了什麼事，你喊停、你無所謂、你別過頭去。你寫好定論，放進信封，以熱蠟封口，然後把信扔進火爐。在下個冬天在爐底看見一抵死堅持的燒焦蠟塊然後繼續喝你的聖誕熱紅酒。你決定這件事就是這樣，甚至不想理解它會有任何啓示或意義。

縫隙

Niche

他知道 你只是在找個躲藏之地
在哪個城市都是一樣的
咖啡 書架 影院
到處都有 走到其它世界的入口
你去吧 回來就好
這裡有個位置
不算什麼
但這裡有個位置

金色的森林是火
原來是燒著自己
樹上每片葉子都是透明的
不過映著你自身的火光
森林剩下枝枒 你剩下枯骨
走啊走啊走
我這裡有個位置
不算什麼
但這裡有個位置
他說

從床底下拿出的鞋盒
藏在這裡 他說
這不算什麼
但藏在這裡

鞋盒裡不好站著
鞋盒裡不好坐著
鞋盒裡不能躺直
只有一種姿勢

你蜷成了九個月的樣子
他爲你蓋上蓋子
盒蓋的交錯有一條縫
縫裡有光有聲音
有氣味有人來回走過

哦好的
你等著
這裡很小
但是很好
這裡不算什麼
但有

世界黑了 輕了 安靜了
鞋盒被推了出來
他打開盒蓋
把自己蜷進盒裡來
像兩隻倒立的鞋子
剛好幾乎沒有縫隙

他說 嘿
我不算什麼

但
你有

你說。

真相

Truth

1

他看著她的臉，他什麼也看不到，看不出任何端倪。他仔細壓抑著分開那五官：長長眉毛、眼、直直鼻子。嘴。他想起吻過那張嘴。他遠遠地走過去，不知道她會不會拒絕。他抬頭看見她露出像大理石一樣的微笑。她什麼也沒說。

他感到一陣尖銳的痛苦。她已經準備好要離開他了。或是她從來沒有靠近過。她已經準備好放棄一切了。或是她從來連要過什麼都沒有。他沒有什麼可以給她——而他現在想把心也剜出來。她竟然乾乾淨淨地走進來，又乾乾淨淨地走出去。他什麼也沒能給她因爲她絲毫不要，也絲毫不留下。

2

他在做什麼？她想。他逕自說著：你沒這麼聰明。你活在文字裡腦裡，借用別人說的幾句話。你根本什麼也不知道，那不過是些小聰明。

他在拆房子了。 她想。

他見她沒說話，他更恨了。她的毫無二致令他感覺愚蠢，那眼神沒有一絲傾慕。像那些少女看他的模樣，就像他不存在，他和他可憐的東西。他聽見自己字字字地說話，他看見她只是看著他。

那麼我不寫信給你了好嗎？她問。

不，你寫。他急促地回。

她看著他。面前的這個人是誰？她偶然地來到這裡，吃別人放在面前的飯。她知道這個味道， 她嘗過這個味道。所有人都認爲她不配在這裡，要得要他們賦予。她不需要在這裡。她不需要寄這些信。她知道這些信的對象在哪裡。不在這裡。她只是把信寄給了對面這個說話的人。而他適才拆完了房子，還認爲他可以保留地址。她微笑，沒有再說一句話。

3

那是一朵花開到盡頭的一種香氣。她懂得他。她不期待他會理解她。但那並不重要。那從不重要。重要是她看見了他。他驕傲的孤獨。她看見他像百無聊賴的天才兒童發現玩具一樣地跳躍地奔向她。他詫異。他好奇。他著迷。他發現他竟然搞不清楚自己，這是他最激動的地方。她看他追逐，看他咬噬，用原始的方式在她面前運作權力，擺出高低或嫉妒的姿態，浪漫與醜行。

她看到他了。她明白他可愛，比他自己更明白。他何須說話動作、仰望氣憤。他來到她面前總在笨拙地虛掩，她看著這些幾乎要感到心疼。

她誓言保護她所看見的本質，沒有人可以奪取、傷害、齟齬。包括他自己。

0

永恆只因未曾發生。無干無係。無憑無據。

信徒

Believer

1
我總是見到你，但我見到的不是你。

2
窗子裡的小人兒們，你們在想些什麼？辦公桌上的螢幕上亮著全屏闔家歡，所有坐著電車經過的人都能看見。還是那公寓落地玻璃帷幕隔出的一隅小角落 ，對著外面的小小桌子椅子。桌上小小的白色臺燈，書、文件，桌上一杯冷的熱的咖啡。你把魂魄掛在那邊，看著電車上的你的臉繼續向前滑。

橋下有沉積岩的紋路血管，一條條地，像雷龍石化的身體經脈。你也有點像牠，拉著長長的脖子，睜著眼睛探照喜歡的人家。捲心圓的蕨類植物是很可口的。

3
她對他人沒把握，更對自己沒把握，於是他們過來，說：「你是愛我的，我知道。」

她便遲疑了。說不定呢？說不定我是愛他的。一直以來都愛他的。

於是說：「是的。我一直都愛你的。」

他說：「我們總會在一起的。」

她心中淡漠地像蓋上一層霧雲。她不知道自己。

4
也有其它地方可以去。但是她小心地讓這個誤會形成，謹慎地拾綴路邊的碎石，加上口袋裡一路收藏來的破銅爛鐵，鋪上這錯誤的道路。因為抱著疑難雜症單打獨鬥的日子太長了。

5
一邊讀著一邊心裡痛想：既然這本書存在的話，世界也就是值得存在的了。

6
借來時間、劃開空間的拆信刀、化作焰火更護花的灰燼。

毫無營養。十分美妙。

7
找不到一本想看的書，只有挑一本時常耳聞的。頁數中伸出白白的一張籤紙頭，應該在幸運餅裡的它白底紅字寫著：Concentrate on your work. Eventually you'll succeed——專心工作，終致成功。

身為一張無名籤紙，竟寫著這樣不冷不熱的預言，簡直保守得可恥。

8
傳道者，赤腳醫生。一件件數下來：背痛是肺癌。腰痛是胰臟。吃太熱太辣是食道。黑痣莫名冒發是皮膚。啞巴是腎臟。不聲不響是胃癌。性情大變是腦瘤。特別壞的是淋巴。她說，但不是要說這個，是要說想像的力量多麼偉大。那人跑了一百多里來檢查，一發現是胃癌，三天就過去了。用一支鉛筆按皮膚上，催眠說是燒得很熱很熱的鐵在手上畫，不久手就憑空發了水泡。所以人不要過分驚慌，交托，晚上眼一閉腿一踢也就睡了。

一個眞正的信徒的話，對世間會有何留戀。連夫妻都是死了就分開，until death do us apart，也用不著生生世世，此生此世也就是了。沒有輪迴來安慰自己，碗大的疤你自己留著，十八年後自有別的好漢。

9
他說：你想我做船長，你卻是甲板上一只蹦跳不止的海膽。

10
他說：這樣吧，比如說，我們是交往了四十年的情侶，住在兩個不同的老人院裡。你從島上要來看我，我得借一個輪椅去接你，但手上沒有醫生開立的證明書，我將會多麼著急，近至熱淚盈眶……

：啊！我們能這樣嗎？老的時候，做情侶，住在兩個不同老人院裡，你來接我？

他：當然可以。但我要說的是……這是眞實例子。

：那你幹嘛說是我們？

他：有點意境。

11
誰會對著鏡頭痛哭流涕。

它確實倒了

Most Certainly

1
一棵森林裡的樹倒了，沒有人聽到。這棵森林的樹究竟倒了沒有？

：這個句子根本不存在。

但……

：存在的是你的詩意。因爲「你」知道它倒了，你「確實」知道了，它倒了！

是呀！它確實倒了！

2
某一天我消失了。你找尋，翻遍了海角天涯，所有的方法，最後你找到我，我在一個相似的城市，和一個相似的丈夫，過一個相似的生活，你會怎樣？

：我也想知道。

3
等待只愛等待本身，對結果從來沒有意義。結果只對自己負責，等待卻只會拖累別人。直到一切失去意義，直到一切化爲灰燼。

4
絕望的性愛。你曾經與它這樣熟悉，像握緊手就握住掌心的線：現在連兩個詞怎麼可以放在一起都想不明白。

5
道貌岸然的人就像櫥窗裡的蠟生魚片，再晶瑩閃亮也無法下嚥。

6
男人在睡夢中哼哼囁囁，發出糖漬般聲響，像進入柔軟的最柔軟的、黏膩的沙地，陽光……

一個男人正氣凜然地喚他：「嘿，先生！你沒事吧！」

他像從羊水裡被叫醒，慌張地，朦朧地……「哦！嗯，是的，我沒問題，我很好。沒事。」

他再次睡去了，這次很安靜。全車乘客旖旎的幻想還發著蒸氣，全紅著臉鬆了一口氣。

7
她四處張望，隨即發現他們也在她視線不在之處打量她。

8
他人的憤怒令我發笑，他人的快樂則讓我感到可悲。

9
這個說法不停來到我的心頭。是的，若著一切終將無意義地消逝，一切所有都不過是「消磨時間」。還有什麼呢？什麼也沒有，什麼也沒有了。

春天的三個月

Spring

你何時出賣我
你何時背叛我
你何時忘記我

全部的花都在問著。

邊境

Border

0

我只知道，說話傷不了筋骨。插著的花端正漂亮，卻不會長。埋在土裡的可能生根，可能被刨出來吃掉，可能就這樣動也不動；露在地上的一定會有一個結局，而且是誰都看得到的。煙火特別漂亮，是看著滿地的灰燼和紙屑所想不到的。

1

做了一個非常長而情節豐富的夢。和他開開心心地在城裡走路聊天，一次次地見面，有時共乘一台介於汽車和機車中間的交通工具，大部份時候走路，或坐在桌子的對面。心中開始充滿一種愉快、期待和親密的情感，但還與愛情無關。你究竟幾歲？我問。他用一句俏皮話帶過，沒有回答。

我們去他精緻的家，小巧、開放又明亮。大窗，淺色木頭，睡房在半層的樓上，廚房在樓下，能看到兩者的起居室在中間，一目瞭然。一個女子出現在這裡，我慢慢意識到她是他的妻子，他們從淪陷的母國逃出，在新的地方生存。年輕的他突然有了華髮。

知識份子。我意識到他比我的預估還要長個二十歲，也或許在夢裡我們以心態成貌，他與我原是年輕的，我們用年輕人那種對現實還有些距離的方式討論每件事。而她來了。她和我微笑握手打招呼，他在我面前一點點變老。她沒說但她在等我離去，廚房裡掛在牆上每個不鏽鋼鍋子發出冷冷亮光。空氣流動的方式變了，我們都知道。她的友善比什麼都明確，在三個得體的人中間，弱者是永遠的贏家。再來，她就要留我吃晚飯了。

他一路送我到外面，午夜已過，天色還像白日透亮。是一年裡會有的那些白夜，我們告別，一路到夢的邊境，像已經發生或已預知的懷念，在胸中怎麼也說不出來的那些。

我醒來。

0

這是一個非常美麗的世界，這是一個非常殘忍的世界——這就是我每天所感受的。在雨聲裡，在陽光下，在風吹過的樹梢，動物的手掌裡。在睡去和醒來的片刻，感受那牙尖抵在心口，毒液流進臟器：顫抖、僵硬、冰冷、休克。

盛夏裡，我一動不動，不吵不鬧。我會靜靜在這裡看見終點：熟悉的即將陌生，親愛的就要無關。一個寫字的人，她有創造和摧毀的意志；她即將動手，縱火。

聽

Sound

我聽得見陽光迸裂的聲音
沒有伸出去的手
我聽見空氣中每一個塵粒
過於擁擠的小死
我聽得見藍色 靛色 綠色的細微差異
我聽得見它們改變的瞬間
尖銳輕薄像紙翻過
我聽見勢利、殘忍、溫柔
我聽見淚水、有淡、有濃
我聽見他來回地走
在他已離去的門口
我聽見太多聲音
太多聲音。
太美麗 太擁擠

城市

船期

Port of Echo

你在看，細細端詳，還有哪一塊是可堪用的，你那幾個月來不曾休止的心臟。這次旅程會改變甚麼，它當然會改變甚麼，誰都像奧德塞一樣想著要回家，但他到了家卻發現家鄉早和記憶不一樣。家鄉被多年的期待美化了，於是，他要再上路……一個壯麗的故事總有個燈塔，但壯麗的不是燈塔裡的生活，而是追尋一線亮光的動作和過程。而所有有關得到了或維持的故事，都將走入 Carver 或 Yates 那種絕望而尖銳的路，像把手卡在糖果罐裡，罐子裡放的卻不是糖果而是碎玻璃、或是燒紅的炭心——這就是幾個月裡感受到的。

但我們要一個壯麗的故事，不是嗎？希臘、羅馬，你要踏上那些神被創造出來的地方。結束了你也會回家的，到時候將有許多世界等著你，你會喜歡那些世界的。

At Rome

義大利，草隨性生長的方法，擁擠陰暗老舊的公用設施，雲捲動的方向。三年以後，又再見了。

火車經過小車站，西西里的回憶過來找你：當地友人帶你到車站買票，那自動收票機像義大利許多東西一樣壞了，不能用，手一攤，沒辦法。售票機的修理員就站在旁邊，但火車已經進站。友人二話不說拉了你上車，對一臉嚴峻的查票員說故事，哇拉哇拉哇拉一口連珠砲義大利話，意思是：我朋友不是不買票而是收票機眞的修不好。

這時修理員也趕了過來，影帝一樣換上一張無奈的臉，意思是是啊實在沒辦法……生動眞實的表情可比《單車失竊記》的父親。查票員不爲所動，但也沒伸手把沒買票的乘客推下車，火車開動，友人和修理員在車窗外換下了影帝的演技，捉狹地對我眨了眨眼。

經過了古代城牆，費里尼的羅馬印象出現在眼前。夜裡開著車在古城裡穿梭。但現在是個大白天。

船上

在時差裡睡到早上五點，想想大概是不會再睡著了，於是一個人摸黑穿上昨日脫下放在床旁行李箱上的衣服，搭電梯到了頂樓，一層一層地看看這條船。上次坐郵輪是三年前的事，卻馬上適應船上的空氣。喜歡遊輪不是因爲它提供的漂亮場域、二十四小時轟炸胃液的食物，而是它那種「不在任何國土上」自成一國的氛圍：和幾千個來自全世界的陌生人在十幾天的航程中天天見面，和他們聊聊那些在自己地圖上根本不曾出現的國家，或只是默默地看著他們的習慣和行當，都足以滿足我比強力胃液更可怕的新知饑渴症。

早上五點。工作人員正開著除草機修剪著長短適中的草皮（是的，在海洋中間的大遊輪上，他們弄來了一大塊介於海德公園和溫布頓球場的漂亮草皮），細心地挖著大小適中的高爾夫球洞。皇宮般的巨輪就這樣開在黑夜裡，滿天的星。不久前我還是最適合走在夜半無人街上的女子——像《午夜巴黎》那樣，不小心就跨進另一邊，而我是最適合的媒介——卻不知道甚麼時候成了十二點後只會想待在夢鄉的人。

但我還是在做夢，只是再也分不清交界，成了一個不切實際的人。或是所謂的浪漫。當人們把那兩字用鄙夷或「那與我無關」的神情說出來的時候。我知道，那還等同：不守規矩、不正經、不負責任、不像話、不、不、不。

就這樣一個人走了一個小時。

大家公認昨夜親切的多明尼加裔服務員一臉「個性很好很溫和」的長相。聽母親說他應該努力給家裡寄了不少錢蓋了不少樓房，還是忍不住說：「說不定他把整個村莊汗滴禾下土的標會錢一次捲走了逃上船，那八字眉正是他行騙江湖多年的招牌」。不過當事人眞的長了一臉令人感到心泡進醋裡軟掉的溫和相，像是經歷過多少又多少的悲傷，卻只是默默夾進了那爲我們親切微笑的嘴角。

美國眞的倒了。和三年前相比，像美國這個國家已經從消費地圖上消失了一樣。整條船充斥著西班牙（歡騰）、義大利（吵雜）和偶爾出現的法語（苦惱）。

讀物

我想應該沒有導師會將《生命中不可承受之輕》列爲優良兒童讀物，不過因爲我不是甚麼傳統意義上的優良兒童，而是永遠意見和問題太多的問題兒童，於是早早從家中陰暗書房找出來讀完了。多年以後問當年買書的元兇——父親——到底看完沒有。他說：看了一點，覺得還是不要看下去於是停止了。再問：爲何要停止？他手握方向盤，面不改色地回答：人生知道得這麼徹底幹嘛？活著還是不要知道這麼多比較好。

……你不早說。

船經過義大利地圖上的靴尖和它踢的那塊西西里中間極小極小的海峽，Messina 那燈塔近得像應該縱身跳下海投奔義大利麵——雖然我不會游泳而且船上載滿了給三千多人十幾天份、沉船會弄得鯨魚改變飲食習慣的義大利麵。

船上眾人正脫淨了衣服，男女老幼、高矮胖瘦的男男女女圍繞著露天泳池，正對陽光躺了下來，像一根根饑渴的培根要在烈日下炸得又黑又乾。生長激素過剩的青年男女正快速交換著眼神，傳統夏日戀情正要上演：A 即將愛上 B，B 即將發現自己是同性戀，C 將因爲 A 與 B 以及自己不是雙性戀卻過了一個上下翻滾攪動的如乾濕兩用洗衣機的仲夏夜之遊輪你我他而終身無用。船上的一生一世在船下不過是臉書上多了幾個數字。又說不定我們會沈船。雖然附近沒有冰山但有幾個活火山。說不定我們會被活埋。說不定 A 和 B 和 C 成爲了一生最好的朋友過著幸福快樂的日子在三人之間正常地生出了幾個血統不明的漂亮孩子。說不定——肯定——我該停止想像趕快去吃午餐。

聖托里尼

船下錨在 Santorini 島外圍，再由小船接駁到 Fira 城山腳下排隊坐纜車上山。心裡想著這就是希臘小島了嗎？是眞實又像來得未必太容易了吧。不過一旦陽光惡狠狠地照在臉上頭上，像掐著領口要你好好看看「這可不是藍悠悠的愛琴海嗎？」你便可以肯定你是眞的來到這裡，不是其它地方。那海水果然是藍的徹底，像你一生從沒見過藍色那樣的藍。

今日的 Santorini 是三千六百多年前巨大火山爆發的遺跡，當年火山以眾神發怒的勁道往天上直射出巨型擎天火柱，罩住整個天空，水泥牆一樣厚重的火山灰正在淹來，撲蓋一切——是個 3D 影院都很難呈現的神話現象。當年島上居民已撤離，沒有龐貝古城的恐怖片定格，埋在火山灰下的城鎮在 70 年代被考古學家掘出，從來都不是旅遊重點。遊客來這裡要的是它美麗的藍色圓頂教堂，和那聞名世界的日落美景。

Santorini 本島是個面對西方的彎月形，月牙尖夾著一個黑色的火山島，在島上四周都能看見。從山腳下坐纜車越過火山岩層，來到頂端的村莊，島西面的輝煌和島後面的荒涼，像一台戲的舞台和後台，舞台是正對夕陽的彎月，坡度上蓋滿了小屋和以「觀賞夕陽」爲賣點的餐廳和咖啡店；後台是門口羅雀的租車公司、停車場、道路、散落的農田和住房，偶爾還會出現一家搞不清楚狀況的禮品店。舞台和後台則中間排滿了針對遊客的餐廳、酒吧、咖啡店、禮品店、首飾店、紀念品店。

整個島充斥著按圖索驥要找到明信片那些角度的遊人——藍頂教堂、日落，每個人都要找到「那張」照片在哪，就這樣前前後後走遍了月腹中心的小城 Fira，再趁日落前乘著滑溜溜的快車到彎月頭一個叫 Oia 的小鎮（這島上的計程車司機技術一流、幽默機智、下車後會順便和你介紹景點和回程公車站——很享受自己職業的樣子）。滿眼所見的無非是更多角度，更多照片和更多旅遊獵人。人們從世界各地來到這裡，四處對準，爬上山頭，面對太陽等著日落。對日落的執迷興頭令人忍不住想起《小王子》裡那靠看四十四次日出治療失戀的主角，只是眼前有幾百幾千個。

一對男女擺著姿勢，似乎也是從香港帶來的攝影師大聲指導著、鼓勵著：

「臉向我，抬高，手靠著他，哎，對，對對，好⋯⋯」太過年輕的燈光助手臉上無限的勉強，看上去還是一個微笑——而我突然意識到自己和身邊所有人唐突地步入了他人美夢成眞的時分。

是不是和所有人約好一千次要一起來這些地方？是不是曾經有過到希臘小島長住的希望？是不是夢想的婚禮是在希臘神殿中央交換指環，眾神靜默，天地只有兩人知？是不是以爲白色牆頭裡無一不缺、四季清涼，而愛火熊熊燃燒，永世不滅？我從沒想過是在這樣的狀況來到這裡，但我已經在了。而那些和我一起等待著日落的人們，正忙碌地在手機裡鍵入這應該令人羨慕的瞬間，有更多人即將看到那景象，再生出一樣的夢，費盡心力遠渡重洋來到這裡，把那二三四輪無限重複的夢，轉手，再轉手。

我沒有等日落，也沒有走進那家我一直想去的書店，我彷彿只是無故步入了他人正在實現的夢，而我只是，經過。

雅典

還沒來到雅典已經聽說了許多故事——失望的故事——今日的雅典讓人失望是因爲人們無法接受它是個現代城市，以高級旅館、名牌旗艦店、中央議會爲中心、千篇一律的現代城市。人們心裡尋找的是精神性的雅典，那個以蘇格拉底和柏拉圖帶頭，有亞里士多德、赫拉克里特等等在側，拉斐爾筆下的雅典學院：西方文化、哲學、民主思想的搖籃。可惜就算是拉斐爾著筆的十六世紀初，雅典也早在半個世紀前被攻下，成爲鄂圖曼帝國的一部分。

但一切都無損我們和文藝復興的拉斐爾一樣，繼續在心中緬懷和構築曾經存在的雅典學院。於是人人爬上那象徵一切文明的 Acropolis，在各種巨大柱頭和世界各國一擁而上的人群中徘徊，嘗試找出任何曾經存在的蛛絲馬跡。

衛城 Acropolis

大學時期把這些東西讀遍背熟了，多年後見到本尊，才鬆一口氣說：原來如此。趁一個人群稍微走開的時刻把印象存進心裡，待某個夜晚，再一個人慢慢走回來。

讓腦子發炎的記憶消退了些，一直接近故障的頭腦和心臟被地中海的陽光照得正常了點——無論如何，總是可以回來做「治療」——怪不得北歐人憂鬱的解藥是到這裡來渡假曬太陽。看著看著的確甚麼想法都漸漸遠去。

晚上一杯 Reisling 白酒、白魚。對面桌的女子以精準的手勢與速度迅速地吃完所有多叫的食物，她對面的男子則帶著一種望塵莫及的表情無心地舉叉不定，像是活活看著棋盤上的士兵盡數被對方帶走。那歎然神情裡帶著愛情——無盡的理解，只是完全的理解，連包容兩字都不存在。

房間裡等著的是黑暗中的明月。「海上生明月」是不正確的。明月永遠是從天上撒下來的，站在陽台（月台又爲何是月台？）緊緊望著它。月亮其實不發亮，也不燃燒，它不過反射太陽的光芒……而我只是看著它，像每一寸感知都皎潔起來，像身體慢慢輕盈、透明，只存了潮汐的聲音，在無聲中漱漱地清洗，甚麼也不留下，乾乾淨淨。一切都被理解，然後，帶走。

伊斯坦堡

不同以往，這次上路前絲毫沒做任何準備，純粹因爲準備起來絕對一發不可收拾。沿途幾個城市都是歷史上幾百年的首都，足以花上一輩子去認識。如雅典、如羅馬、又如在歷史洪流中一直叫做 Constantinople 君士坦丁堡的伊斯坦堡。

從四世紀君士坦丁大帝在這裡建都以來，君士坦丁堡經歷了多次戰亂、宗教改革和威權統治，作爲地標的聖索菲亞 Hagia Sophia 在十五世紀西班牙的 Seville 大教堂完工前，一直是世界上最大的教堂，因爲就中世紀水準實在太高太厲害，那圓頂被認爲是「從天上掛下來而不是從地上蓋起來的」。十五世紀鄂圖曼帝國佔領君士坦丁堡，教堂成了清眞寺。而教堂裡曾經一度傲視全歐洲的聖物，早在十三世紀初被藉著四次十字軍東征之名有暴徒之實的一群拉丁天主教徒掠奪一空。

隔著五分鐘路程，走過中間的公園便能來到十七世紀鄂圖曼帝國蓋來拼場的 Sultan Ahmed Mosque，又稱藍色清眞寺。前者已經變成博物館，後者還是貨眞價實的清眞寺，這邊有人排隊參觀，那邊有人跪了禱告，在鋪天蓋地的藍色瓷磚下，倒也安靜和平。

不同於這次其它城市的是，伊斯坦堡的人文氣息仍然非常濃厚（遠遠超越歐債纏身的雅典和金光閃閃的梵蒂岡）。沿途許多小小門戶的書店，上了年紀的書店老闆坐在直堆到天花板的書架中靜靜地看書。雖然市集裡仍是滿街嚷嚷的騙子，不過那也就像陰暗處一定會長出青苔來一樣，和一般人的生活無關。就連時逢白日不能吃飯的齋戒月，加上在水泄不通的下班時間，眾人擠在電車裡還仍然保持微笑。讓見識過其它回教國家齋戒月的我感到非常不可思議。

電車快到港口時上來一群雪白軍裝的海軍校生，年輕耀眼的不可逼視，我幾乎是癡癡地看著他們漂亮的膚色、高聳的鼻梁和黑悠悠的眼睛，當做是伊斯坦堡最後的記憶。直到，下次。

聖地

簇新的 Kuşadası 港像剛拆掉透明塑膠膜一樣。幾十年前，教宗拜訪並承認了鄰近山頂的聖母小屋，此地的觀光產業從此一飛沖天，空置的歷史港口也搖身一變，變成遊輪爭相停靠的觀光景點，山邊蓋滿了正對著愛琴海的渡假屋，等待富有的過客來購買。金光閃閃的土耳其國父凱末爾直挺挺地站在鄰近山頭，像個盡責的海關官員凝視下船的各國遊客。

聖經記載耶穌死前把母親交托給使徒約翰，鄰近的以弗所是小亞細亞的省會，當時的大城市，使徒約翰和保羅都有在此停留的記錄。這山頂挖出的小屋遺跡也就被當做是聖母瑪利亞死前的住所，一直到三任教宗前才被承認。遺跡已經看不到了，現有模擬當時小屋蓋的新屋。新屋？不要懷疑，是眞是假不是宗教的重點。只要信才是。

正好是天主教的聖母升天日。小屋外進行著特別隆重的彌撒，小小台上站滿了各種級別的神父，嚴肅地朗誦著拉丁頌辭。身邊滿滿的分不出那些是信徒、那些是觀光客、哪些又是觀光客快要轉成信徒的類信徒，大家一起聚在八月炎天中仍然涼爽的風水寶地，心情特別平靜。新的紅磚小屋比時下的小套房還小，裡面隔著三個用途不明的起居室。白衣藍裙的修女跪著禱告，信徒們吻著手對教宗留下的十字項鍊虔誠地致意，小小空間裡有一種濃縮的懇切弄得我快掉眼淚。震動我的是她們的想信不是相信。

小屋不遠處有三個代表健康、愛情和財富的水泉，大家拿著塑有聖母像的小陶瓶，嘗試把希望質量化。健康的隊伍最長，顯然都是爲了所愛的親人；愛情泉後面的隊伍充滿模糊的面孔，像迷失在健康和財富中間，而如果不迷失就應該站在愛人的門口而不是莫名其妙的山頂上。裝著小水龍頭的三個泉水旁邊有面仿耶路撒冷哭牆的地方，大家把心願寫在紙上綁滿了幾公尺的空間——眞是宗教界的行銷天王。

一次面對這麼多洶湧的信念，發覺胸中腦中一片空蕩；就算此刻神燈精靈來到面前，慈眉善目地要我說出三個願望，恐怕也不知道我該要求什麼。這種一無所求的感覺，也有人稱作絕望。

勝地

以弗所城在西元一世紀是在羅馬之後的第二大都市，現在所挖掘出的部份不過只有原來的15%。有古代七大奇觀之一的亞堤米神殿 Temple of Artemis、能容納兩萬五千人的開放劇院，和如今仍保留完整立面的 Library of Celsus 圖書館。其重要地位持續了六七百年，到拜占廷後期，河川反覆沖塞而不再鄰近愛琴海港口，居民大量外移才漸漸衰退。

都會漸漸敗落以後，許多石材被搬到其它地方重新使用，伊斯坦堡的聖蘇菲亞就有亞堤米神殿 Temple of Artemis 的大理石。現在的以弗所遺跡離港口足足有五公里遠，遊客乘著大型遊覽車進來，把過去一度繁榮的街市戲院再次擠得水泄不通。當年的盛況不用遙想，夏日人潮仍然很可觀，奶油一樣的陽光曬得人目眩神迷。

護城女神阿堤米是豐堯之神，身前原始地擠滿了乳房，還有些有翅膀、有尾巴……絕對是愛琴海的產物。當年保羅到這裡傳教，當地販賣銀製女神像的小販害怕新宗教影響銷路，憤怒地聚眾將保羅趕走，當地官員怕貴爲羅馬公民的保羅受傷，將他關進牢房算是保護。事實上小販絲毫用不著擔心，無論是女神還是聖母，是愛情還是財富，過去到現在人們永遠需要信念，需要購買信念。賣不了女神，再製造一個與愛情和財富有關的假象，賣愛情一顆永流傳也是可以的。

米克諾斯

或許因爲是文明古國，或許因爲總是出現在課本的第一章，希臘是那個一直希望在什麼重要時刻和什麼重要的人來，於是一直沒有來的地方。以致最後像是不是我去希臘，而是希臘自己找上門來了一樣，在幾個早晨出現在我的窗前，這樣和我打著招呼：

「嗨，我是聖托里尼！」——是個曬得黑黑的，我還沒開口就自動把行李提走的健康少女。

「竟然現在才來，太過份了噢。快（跟上）來吧！」——雅典的聲音比較低，是個恩威並重，戴著黑框眼鏡的女教師，說完便頭也不回地往 Acropolis 神廟上走去。

米克諾斯島沒有聖托里尼那麼熱情，年齡模糊，從二十到三出頭都有可能，一個人躲在無人餐廳的陰影裡，滿臉百無聊賴地托著腮，垂著描上了眼線的雙眼，手在桌上隨性敲著，無視那些在她看膩的海灘上一大片一大片地鋪平的瘋狂遊客。

（為什麼希臘各地擬人化以後都是女性呢？或許幫助我帶來靈感的都是女神，男神們都忙著去做更輝煌、更暴力、更令人不著頭腦的大事了吧。）

「呃，你好……」你只有自己和她打招呼。

她還是沒有說話，站起來，用手勢指示你隨便坐，懶懶地拿了菜單，向你走過來。

米克諾斯就是這樣子的。

*

1950 年變成主要觀光景點前，米克諾斯是個貧窮的，靠捕魚和造船維生的希臘小島。旁邊的 Delos 島是神話中女神居住地，蓋滿了獻給海神、酒神、希拉等等的神廟。今日的 Delos 已經無人居住，只供參觀，米克諾斯則有半年因遊客大量湧入而人口暴漲，這個以風大聞名的小島儼然變成各國男女夏日尋歡作樂、飲酒過量、不費吹灰之力拍出渡假照片的好地方。

走在力求防曬的亞洲人和盡力曝曬的西方人之間，標準的白牆和鮮紅、翠綠、藍的會發光的門窗無止無盡。乘著飛機降落的遊客們拖著身後的行李，找旅館，躺下，出門覓食，愉快地在迷宮一樣的小巷裡鑽進鑽出，散步、跳舞、邂逅、睡覺。或跳上老到像二戰時期的巴士，前往「超級天堂」裸體海灘，抹上油，在烈陽下把兩面煎得均勻。

表情不置可否的是旺季才來島上幫忙的年輕服務員，好整以暇地以麻木面對千篇一律的渡假狂熱，正懶洋洋地打開店門，搬出盆栽和桌椅；男人們騎著一式一樣的三輪摩托車——也有不知道怎麼開進來，也不知道如何能出去的小卡車——載著大量的新鮮蔬果回到店裡，準備做足一整天的生意。還有全世界都有的，怔怔坐在路旁，一動不動，一聲不響的伯伯、婆婆，就在你正要移開眼神時，突然想起要回家轉動地球一樣地站起身，往巷子的盡頭走去。

淡季的米克諾斯呼呼地吹著三天不退的風，讓村上寫出了《挪威的森林》，跟著眼前隨時會消失的老人走，慢慢的，走到了沒有遊客來的小巷，陰影下消暑的貓好奇地抬起頭來，表情像要提醒我「這裡可是什麼都沒有噢」。「只是想看看什麼都沒有的地方是什麼樣子罷了」，我回答。牠懶懶地躺了回去。我繼續向上爬。

山頂有個廢棄的風車，身邊吹著可以把人推動的風。眼前無數的白色房子面對著金色的海，這就是希臘的最後一站了。透明的、乾淨的、擁擠的、炎熱的夏日。還沒有見過人聲鼎沸的熱鬧夜晚，和狂風暴雨的冬季，希臘已經找過我了，我什麼時候會來找它呢？

「要走了嗎？」米克諾斯抬起頭問我。我點點頭。她露出沒有喜意，卻滿載理解的微笑，向我揮手說了聲：拜。

阿瑪菲 Amalfi

威尼斯興起前，阿瑪菲是十世紀前後最重要的貿易港口，從七世紀到十一世紀後半自成共和國，一直到後來被其它城市統治、剝權才慢慢衰退。它在 1343 年受海嘯侵襲，1348 年佛羅倫斯爆發黑死病，1350 年薄伽丘開始寫他的《十日談》（故事裡因瘟疫逃出城外的十個少男少女在十天中說了一百個故事，義大利版的一千零一夜），故事中不時出現這個美麗的海濱城市。

或許因爲南義大利城市都各自有著長遠的歷史，才至今都有種各行其是的自主風格。幾年前義大利頒佈汽車前座都得配上安全帶才能上路的法令後，南部城市拿坡里突然風行一種斜紋 T 恤——一條大黑斜紋橫跨胸前，看上去就像已經配了安全帶。這種令人啼笑皆非的例子把南義大利「上面有政策，下面有對策」的創意和自我展現無遺。歷史越悠久的地方，面對和應變混亂的方法越多，這種天塌下來也隨便的精神的確是南義大利可愛又可恨的地方。

因爲富有，義大利教堂通常華麗勝過技術改革（貧窮才需要努力想辦法解決問題），就算創新也是裝飾性而不是結構性的，以致許多教堂在建築史上出現的篇幅很少。從未從課本上看過的阿瑪菲大教堂的華麗程度令人吃驚，長長的階梯上是結合阿拉伯和諾曼第風格的大立面，教堂紀念的是從君士坦丁堡（如今的伊斯坦堡）搶回來的聖安德魯的聖骸，自然也是本城的主保聖徒（天主教花樣太多暫且下次再談）。

有鑒於中世紀歐洲一線和二線城市的分野基本上取決於聖骸的多寡、聖徒的地位、高低種種，阿瑪菲的歷史輝煌可見一班。教堂旁滿佈迷宮般深入山壁的小徑，當年用來躲避海上攻來的敵人，遊人一不小心就會迷失其中。除了天主教主保聖徒，阿瑪菲也是尼采、華格納、葉慈、易卜生、拜倫、歌德、狄更斯……這些文學音樂的主保聖徒們來渡假寫作的地方。如果有特別關心政治人物、商業鉅子或海洋生物學家的讀者應該也能各自找到你們的主保聖徒在這裡出沒的記錄。

只是漂亮的海水浴場也有這麼深沉的靈魂，義大利對歷史狂來說就是個黑洞。但歷史不過是獵人回到家取出的塡充物，帶回來的回憶像個小動物，全無心機的眼睛黑黝黝地，充滿原始活力。沿途無盡的檸檬樹，做成的利口酒像陽光光芒萬丈，像吞了一個太陽，照著亮晶晶的肚腸。毫不起眼的食物都意外的美味，讓你懷疑你之前都吃了什麼，麵包有麥子的香味，番茄的味道是立體的。你和其它獵人、村姑、貴族、農夫、薄伽丘，一直在此，從未離去。

–

中秋的月亮像個剛出爐的硬幣，窗前明月光凝固整個夏天的回憶：那些廢墟、文明、戰爭、算計、報復、搶奪、歷史與傳說全被凍在裡面，閉上眼睛，醒來已經是另一個季節，兩個月沒見到的烏雲來了，隨即是大雨，然後，永恆夏日即將稱爲遙遠的回憶，上個月和五年前，並沒有什麼不同。

寫字的人在想一個辦法，在秋神分心的時刻，把陽光煉成一把金色的匕首，把地中海鎖進寶石，鑲之其上，放在手邊護身，很天主教的做法。

羅馬 Roma

雅典、以弗所、君士坦丁堡，沿途那些曾經風光一時的城市經歷千百年江山易手，女神倒下了，五彩繽紛的色彩脫落了，傲視全歐的聖骸收藏被搶光了，只留下地基供人想像憑弔。但羅馬無改，它永遠是羅馬：幾千年的墮落和瘋狂都擠在城牆裡，像個壓力鍋，用來把人身體裡所有的好壞都擰出來。巨大的悲劇和喜劇，告解和背叛，場景都在這裡。

羅馬不是個內省的城市，它是外放的，費里尼和帕索里尼到這裡才能發揮和放縱，才能成爲費里尼和帕索里尼。這是君王和聖徒的城市，也是小偷和妓女的城市，其中分別並不明顯；君王也可能是小偷，妓女也能成爲聖徒。一邊是金碧輝煌的梵諦岡，一邊是乞丐和流浪者，毋需分辨黑白，一切同時存在。

梵諦岡 Vatican

十六世紀，苦修聖經的馬丁路德穿著布衣一路來到這裡，朝到的卻不是聖，而是赤裸裸的貪婪。教宗們玩弄權勢，揮金如土，私生子、政治謀殺層出不窮。還是政教合一的整個歐洲聽命於這彈丸之地，挾帶著神權的勢力之大在一切都去神聖化的今日完全不可想像。嚴肅苦修的馬丁路德受了大刺激，寫下九十五條論綱，一世紀前古騰堡發明的活版印刷正開始普及，媒體改革促進宗教改革，從此新教 Protestant 和天主教 Catholic 分離，各走各路。

不到梵諦岡不會理解路德的憤怒。梵諦岡的豪華就算是今日也難以想像。

無論看過幾次都令人瞠目結舌的聖彼得教堂便是當年賣贖罪卷集資的成果。走進教堂內便可見識各代教宗揮金如土和好大喜功的程度。簡單目視，任內把小小梵諦岡修的越豪華越漂亮的，便是越用心搜刮金銀的——他們都是一代藝術家最忠誠、最慷慨的客戶，靠他們積極的腐敗和揮霍，才留下今日的名作。

四周可見的墓穴有油畫（以寓像比喻自己生前的心情、作為或事蹟，或乾脆把自己畫進聖經歷史）、有石棺（有簡單大方的，也有精雕細琢讓自己跪著或平躺的），也有出大錢為彼得聖駭修墓的（自然是當年最厲害的藝術家才能有此榮幸）。心高氣盛的米開朗基羅在某次聽見有人聲稱他的作品 Pietà （聖母慟子像）是別人的，一時火大便在横過聖母胸口的衣帶上刻上自己大名——佛羅倫斯的米開朗基羅——算是「名牌」的起源。

如果一定要相信些什麼的話，天主教實在有趣多了。不但大大小小的節日讓人一年到頭忙個不停，從出生到死亡中間每件事都有聖徒加持，名字有名字的聖徒，出生當天有出生當天的聖徒，生了病自然有各種病的聖徒，職業也有各個職業的聖徒，不但創意無限，還隨時代更新（電腦工程師也是有聖徒保護的）更別提那些英俊的神父、精彩的宮廷式醜聞、遍地開花的建築和藝術、詭異迷人的聖骸崇拜……萬花筒一樣。新教的因信稱義在對比下只會顯得蒼白。

有何不信？有何不義？人世既然這樣燦爛，內省的地獄也隨之遠離，一切都是可眼見、可觸摸的，天堂和地獄都有大師為你準備，連苦苦想像的力氣都不用，在這裡你只需暈眩，是非對錯，自有他人為你解決。

航行

在路上，在海上，在移動著，與你有關的應該就只是腳下的路。頭腦總算停止了那些再慮與思索——它得處理外在不停湧來的新訊息、儲存、適應新典範。 剛開始你還忍不住在機場裡拿出電腦來，自己也搞不懂有甚麼重要的東西可以錯過——隨即都被太平洋吸收了。

不尋找上網的方法、刻意避開各種新聞管道。我已經踩在路上了，我只要知道腳下的路就好了。不但不想再處理虛擬世界裡的價值和遊戲規則，也不想再忠實地努力知道和思考圍繞著地球的所有事了。甚至看到修了十年和我同船渡的那些人一把嚴肅的閱讀報紙還會浮起「有必要嗎」的心情，不過隨即想到平日我總是收到這四字。

或許對我說這句話的人每天都很認眞腳踏實地在眞實世界經歷著甚麼，大腦處理著這些眞實世界所帶來的衝擊和新典範，而不是我原本想的擅於無聊也不一定。或許他們的眞實世界就足以供給他們所想知道的所有事，而不可承受之輕不是眞的這麼不可承受——只要你不停奔跑並總是把自己撐飽的話。

航行吧，繼續航行。那麼你總是會遇到甚麼，總有些甚麼在後面慢慢變小，直到你再也看不清那是甚麼爲止。

十一月的單程票

London

又一個十一月，重新打包，準備上路。去一個間歇住了三年的城市。打開倫敦的地圖，小小的市區從左上，到右下，到左上，又更上一點，這樣搬了幾個地方，認識了許多人。

有些人離去了，有些人留下；有些人疏遠了，有些人更熟捻；有些人在同一個城市不知下落，有些人天涯海角都會繼續連絡。人世的相逢、碰撞像一節運行中的火車，從一個車廂到一個車廂走著走著，就算坐著不動，窗外的風景也不斷運行著；而就算怎麼走，也仍在一個軌道上。

一時想不清中間隔了多久。二十歲起兩年一搬的生活型態讓時間摺疊的很奇怪。多年前的事像昨天，昨天的事也可以是多年前。只有我一個人的時候，時間和空間都是流動的。直到見到他人，時間才化爲實體。

我帶著大皮箱像個鑰匙兒童坐在樓梯間等待，看見同窗同住的她身段一樣推著嬰兒車進來，怎麼也無法置信那一歲大的孩子竟然能從她身體裡拿出來。

「生出來的時候不是這麼大的。」她笑著說。

*

倫敦最令人佩服的是都市更新的細緻，八年來見證它一區一區慢慢變化，每次都更精巧一點。每間小店都有自己的氛圍和表情，風格也越來越低調，新舊的拿捏交替都恰到好處。

過去每當他人問起歐洲城市，從來未曾建議別人把倫敦當做目的地，作爲學生的窘迫焦慮讓我一直沒好好理解它，只知道埋頭把一日日過下去，是過程而不是結果，趕路並不見身邊風景。

這次回來，走在那些來過無數次的地方，隨即感覺天空比記憶中高了很多，顏色氣味細節都明亮許多。幾乎不能想像這是記憶裡晦暗擁擠的城市。也有回憶新新舊舊地像不遠處的水底海草飄浮搖擺著，隔著距離，各有姿態。像看一部不絕對精彩，卻因爲親切而感到窩心的電影。

我曾在這些大街上生活、行走、歡笑與哭泣，當時所有掙扎或許只爲多年後的此刻，能如此親密禮貌地重新咀嚼你。

老街

Old Street

我們要擁有一切，要做所有事。要感知所有幸福快樂，所有痛楚之深。我們要參與的激情和旁觀的平靜。我們同時渴望恆久不變的沙漠和吵鬧的廣場。想同時化身思想家的冥思和群眾之聲；是主旋律又是和弦。一切同時發生！這怎麼可能！

——《格拉斯醫生》雅爾瑪爾．瑟德爾貝里

1

我們永遠比自己想像的更勇敢、更荒唐。但我們並不常常是我們。我們在表演，那個叫「我」的人。

2

第一時間認出了照片裡的地方，倫敦，Old Street 地鐵那個像八爪魚的出口，東西南北，又再各分兩頭，我的是三號還是七號？記不得了。從來不曾稍微藝術地看顧那個城市，兩次都像從失火的人生逃過去，眉角髮稍都燒焦。

像一旁高挺閃亮的利物浦街把老房子，爛倉庫全推了出來，散落在著隔了幾條街的旁邊，藝術家趨之若鶩地來開畫廊，開餐廳，像大戰過後嘗試重建生活的人民。出發前從不關心倫敦究竟是怎樣，於是也不覺得特別破敗。六十公斤的行李放進藍色的房間，裡頭躺著一個血跡斑斑的床墊，你看著它，把行李裡的被單枕頭棉被一次蓋了上去，不見不念。2003 年的九月，那也就是開始了。

3

里爾克說：我何必還要寫信呢？今日的我已經不是昨日的我，而你認識的是他。

昨日的寫給今日的我，今日的我再寫給明日。讚嘆她們形形色色的生活，怎樣一次次渡過那些幸福或絕望？

4

我一直等你，你沒有來。我到最後一秒都還在期待你會出現，然後你說：我不來了。我沒有哭，我說：好，你知道你自己在做什麼就好。你不知道，我不想再說了。全都是枉費精神。

那年很冷。整個冬天，我都穿著同一雙鞋子，同一條褲子，黑色的外套。我和別人的朋友一起過節，聊天，吃飯，玩遊戲，我在照片裡一直在笑，眾多表情，和常人沒有什麼不同。

人要到安全的地方，才有痛哭的權利。當時你只能想：呼氣，吸氣，呼氣，吸氣，活下去。沒關係。

沒關係。

5

整齊、安靜給我們帶來過什麼？更多的常規、客套、寒暄。是個閉著眼也能演的簡單戲碼，劇本是我寫的，我安排、導演；何須驚訝慌張，雀躍或失望？

6

你在別的時間——我在那裡等待，像還有什麼期待，像結局從未到來。

小鎮

Bath

原本的飛機飛了，但我還在這裡。因爲我知道起飛的那刻，所有發生卻尚未寫下的都不算數，新面孔將在十小時的飛行長出來，其它的都像是沒發生過。而我還沒準備好抹掉現在的臉孔，就在我快看見自己是誰的時候。

*

起初睡得荒唐，早上四點才能入睡，起床已經近午，白日令人害怕；像時間打發不完，又像已經過去太多。窗戶開在高高山坡上，窗戶外是其它房子的後面，中間圍繞出爭奇鬥艷近依彼此的後花園，就北美郊區的標準看只是個走廊。冬天從樓上看下去只是綠叢叢地，仍可以看出不同種類但整齊合宜——嚴謹地弄成隨性的模樣，像頭髮一樣——英國人對這一片私人小地方的堅持不容懷疑，像打理好就能滿足人生所有夢想。

看顧著中間這片花園的是四周的米色高牆，穩固、明亮，牆上開著晚上會一一眨眼的窗。再過去是這個城市的大教堂，尖頂泛著一樣的蛋殼光澤。整個城市都是由這種附近產出、以這城市命名的特別的石灰岩建成（Bath Stone，Oolite Limestone）英國其它主要皇宮、公共建設和車站也是。經過兩千多年一樣整齊劃一，是英國唯一成爲世界遺跡的城市。

*

到這裡是爲了治好一種叫「小鎮症候群」的病，病狀如下：患者對小鎮生活抱有不切實際的幻想，認爲在小鎮生活必幸福簡單充實漂亮，就算憂鬱悲愴也繼續在智能悟性上飽懷意義。而治療希望的唯一方法只有絕望。絕望往往來自徹底地親近、完全地理解、和持續地重複。模糊地相信我很快會感到空虛，或「啊也就是這樣」。相信自己很快會明白其實哪裡都一樣。

旅人學會把一切降低到最低限度，而且學會用最快的方式馴服一個城市——找出小鎮裡最好的咖啡，和西西里來的老闆細數他的家鄉，讓他請你吃那俗稱龍蝦尾的甜點 Sfogliatella（估計是黑手黨表示善意的暗號）；請獨立書店店長建議一本好書介紹給華文讀者，喝他手煮的黑咖啡；掌握獨立影院的時間表，螢幕前那披著紅絨布幕的舞台像哪個大戶人家的家庭劇場改建成的；認識城裡散落各地，應付各種飢餓程度和心理狀態的飯館酒館，點 House wine，定時拜訪每個新菜單。

在上班時間與每個人微笑：退休人士、家庭主婦、店長店員。不要細想他們英國式的友善。避開他們詢問你爲何在這裡的眼神，打開報紙，細讀每個首都的天氣，雅典到蘇黎世。買單，留下小費。走在可能上百年也可能是去年的石板路上，白日一只快樂的鬼，一只用了太多次的譬喻：你在這裡，不在其它地方，你覺得不一樣，你還沒有絕望。

永遠的一天

Belgium

週日，完美的天氣。臺灣駐在荷蘭的老朋友聽說我在鄰近小鎮，開了車來探我。我和克里斯先生跳上他的小車，三人開著車到一個只有四條街的迷你鎮，克里斯先生說：你不是有小鎮症候群嗎？試試迷你鎮能不能治癒你。

小鎮在一個小國裡，我在小國的這個小鎮已待了一陣子；這是我此次張看的窗戶之一，克里斯先生是窗戶的主人。我們相識在某個會議，會議裡的人從世界各地飛來，介紹我們認識的共同朋友這樣說：這是克里斯多夫，他讀村上春樹。

是嗎？你讀過《國境之南，太陽之西》嗎？
——我不確定，似乎沒有。
你是獨生子嗎？
——不是，我有姊姊和弟弟。
那麼不用讀了，你不會懂的。

只要一杯紅酒，我說話就會變得這個樣子。也或許我說話一直是這個樣子。我忘記後面還說過了什麼，我甚至忘記這段對話是對他說的。一般若沒有寫下或重敘，我的記憶力只有十天左右。隔天的對話我也幾乎忘了，但提到了他的國家，而且事後發現他的側臉鋪蓋在某張並不是以他爲主角的照片，雖然至今我也不太認得出那是他的側臉：除了短期記憶眞的很短以外，我辨識人臉的腦神經也很不可理喻。

——所以你是哪裡來的？
四處。臺灣、加拿大、英國。你呢？
——比利時。

啊你就是那個沒有政府的國家。
——沒錯。你對中國看法怎樣？
我覺得國族主義有點落後。
——我不能同意再多了。

伏特加湯尼：可以說一句話就不要說三句話，在有人聽懂的狀況下它會一直持續那樣。克里斯先生就是那種聽得懂的人，而且有一個親友完整、軟硬體兼備的幸福生活得以張看造訪；最重要的是，我想他就算不期待但也並不介意誰開飛機來撞毀他整齊穩當的雙子星大廈。

比利時比臺灣小，但除了有三種語言外，各個城鎮的輝煌歷史都足以讓居民想像自己與他人完全不同，要想團結，問題很大。主要的北部荷語區和南部法語區掙扎多年，從 2010 開始一年多的政府難產狀態，一直到我抵達的前一個禮拜才有結果。組成政府的時間之長足以打破伊拉克無政府的世界紀錄，但國家不但沒失序，經濟狀況還提昇了點，讓各國開始懷疑政府有何存在必要；而組成政府的反覆過程像個荒謬充滿超現實色彩的諷刺劇，但因爲是 René Magritte 的出身地沒人特別爲此感到意外。

三人坐在小車裡，在陽光難得燦爛的下午來到迷你鎮。四條街上一個人都沒有，迷你的廣場中心坐著石像，旁邊是迷你的教堂和迷你的餐館，似乎是今日唯一開門的一家。在裡面吃了地道的奶油白菜裹火腿、咖啡和現烤蘋果酥，店裡幾個獨自坐著的老人露出世界認知被稍稍動搖的臉色，隨即故作正常地回到報紙和空白的凝視裡。

「他們回家有事可以和太太說了。」
「這下大概以爲中國要來接收他們的迷你鎮了。」
「這裡的居民若臉書有四十個好友應該就算萬人迷了。」

一切都慢吞吞地。麥桿發光，天空和運河的顏色鮮明，是梵谷描繪的景色。三個人迎著冷風走到運河邊，一點點一點點地說著話，一邊瑟縮進領子一邊拿起相機。零度的天氣把景色凍進腦裡，沒有發生什麼事情，說什麼都忘了；因爲簡單，可以在腦海裡重放，來回散步，開窗關窗。

在窗外觀望因我無法建立自己的窗。無論聲援的鑼鼓聲多響亮，掀起蓋頭，眞實生活的扁平面目總讓我感到驚嚇。客旅讓我冷靜、放鬆、堅強。移動在某些時刻，忘記主詞，忘記所有前因後果，對世界世情的所有懷疑。只是在那裡，只是在這裡，這一刻，永遠的一天裡。

萬物喪氣

Auschwitz

最後，我們爬上牆樓，一樣的景致，在上面看又不同。火車穿過牆樓胯下，直接到軌道的最後，還有呼吸的從車上下來，分成男女兩列。沒有工作能力的走到如今只剩瓦礫的房子。四堆瓦礫，曾經是四個長方形的大盒子。

第一個房間脫光了衣服，在第二個房間等。哭泣的、呼叫的聲音三十分鐘裡會停止。進火爐前還得仔細看過有沒有鑲金的牙齒、剩餘的首飾。一次幾百人，沒日沒夜地做，一天也只能燒五到七千人。車還一直在來，四面八方的，法國、義大利、波蘭……匈牙利送來這麼多人。簡直沒有辦法。

來不及了，來不及了，這麼多人。列寧格勒寧可吃人也不投降，德軍在城外凍死，兵敗如山倒。

但還有這麼多人。

牆樓下往上看，是命運不可違，身邊人同如螻蟻；牆樓上往下看，是永遠除不盡的數字。除了再除，「最終解決方案」，你解決不了。

火車轟轟的聲響，嚴厲的命令，嘲笑，他們怎麼能這麼吵，死亡也鬧哄哄的。

解決不了。

然後命令來了，毀滅證據。瓦斯房變成了瓦礫。但還有這麼多人！到旁邊的樹林去，原來的方法，重新來過。一槍、一刀、一堆。

還是好吵。最後你到哪裡都靜不下來，那聲音永遠在響。轟隆隆。轟隆隆。蒸氣頭的聲音、人的聲音、火藥的聲音、火的聲音、煙的聲音。就算關在一個人的牢房，靜默懲罰一點不靜，萬物喪氣，竟這麼吵雜，你知道那是什麼聲音？

Auschwitz，像耳邊吹過來一口氣。你回頭，沒有人。只有回音，好長好長。

PORR
LIEBHERR
1

海上海

Hi Shanghai

1
我們不是孤獨的話，那麼我們他媽的還能是什麼呢。

2
他們都很不快樂。只因快樂的人認為自己還能更快樂；不快樂的人看著快樂的人不快樂。恆隆裡一個少女穿著高跟鞋戴著墨鏡扭進名店。一樣的少女在小鎮裡做著咖啡，每一刻都是人生最幸福的時刻。誰都告訴我其它城市無聊，但無聊是城市的詞彙。就像非洲人不知道什麼叫「Just do it」，做就做了，還需要說嗎 —— 一切不過是角度和比較。

3
落後國家和不落後國家的分別是手上沒有衛生紙的緊張程度——突然意識到手上沒有衛生紙的駭人感受與聽聞非洲某個國家發生種族屠殺，消失了一整個村莊不相上下。

4
笑臉太多，標語太多。越積極越顯得缺乏了什麼。

5
人的真面目往往令你可怖——平泛到可怖——你馬上原諒了他的假面目。

6
他說他已經經歷了許多許多，我頓時感覺我們是絕配。主要我聽。他說。

7

我得到一些禮貌和安靜的評語。他們認識的那是誰呢？我為他人眼中的自己感到驚異。

8

開始對這個城市改觀大概就開始在那場大病、或是兩個扭打起來的出租車司機。

第三天已經說不出話，一棟醫院樓上樓下跑各種紙，總算看上了醫生，好在一點也不難懂：急性咽喉炎——五個大字，後面接著三個：輸液去。操場一樣的大房間、一人一張豬肝色的紅沙發，各自倒著。有人像半輩子沒闔眼般大睡、有人死瞪著頭上一點點掉下來的藥水，又不是真的看它，就是放著眼神，讓自己什麼也別想。靜，真靜，連說話都壓低聲音說話，都不是這房間外正常的事情。在這裡竟然找到了平靜。

下班尖峰時間，誰也別動。兩個司機就這樣隔著窗吵起來，挑釁也不解煩，你下車我也下車，你推我？我也可以推你。誰不是天王老子。

其實是一種擁抱、親暱，要把自己的頭鑽進對方胸廓裡，絕望地以任何方式產生關係；一起憤怒，也不要各自孤獨，拉拉扯扯，也沒人勸，不久自己分開了，把拆開的釦子扣上，喝一口茶。上車以後他脾氣頓時好了許多，一改適才的刻薄，「真是神經病——不好意思啊。」後照鏡裡正見著他幸福的微笑。

9

在每個感到麻煩、痛苦、急於結束的時候預測它即將回甘、甜蜜、永誌難忘。

上海

Shanghai

1

還沒有捕捉到上海是個什麼概念，或杭州是個什麼概念，總覺得還在水面上漂浮，火車站坐著大量的民眾，睡的、站的、幫身邊的男人剪鼻毛的、努力維持自己的一方乾淨的女子，每句話都要問個好幾次的人。眾人黑黝黝的面孔，不知怎地就很難不手足無措。

我拍的場景仍然一個人都沒有。連思考都被擠壓都角落去的感覺。大量的空洞。一隻精神力渙散的鬼。世博裡走到像腿都不是自己的。卻什麼也沒看到。

他講著我聽過許多次的那些笑話，從我們坐下的時候就把耳朵關上，他講話於是不用思考，他講話才能確定自己在哪。那些看法都不是什麼特別困難的看法。他很寂寞。不知道自己都追求了什麼，幸福是什麼模樣。

2

對面的工地就像一塊皮膚病的傷口，乾巴巴的都市看著喉嚨疼。新規劃的藝術區新舊雜陳。他們就活著這種被觀看的人生，像會呼吸的古董。坐在路邊休息，上海男人標本從畫面右邊走到左邊，沒多久又走回來，雙手提滿著菜。那些生生抗拒成爲刻板印象的人，殊不知有時標籤也就是我們的全副價值。

3

我說過的，我有備而來。你我之間，沒有什麼能令我吃驚——你沒辦法把碎片打碎。

4
早早起來，一個人吃早晨。安靜。一個人去坐地鐵，逛街，看書店，買很重的東西辛苦地一路提回來。在法租界見出版商。他說能寫個劇本出來就好了。他說他著迷的這些瘋子：牽駱駝的少年、做大風箏死在颱風天的執著男子。我說難道中國不就是這樣子的嗎？那麼我是看了太多的張煒和余華。什麼都有可能的，在這裡什麼都不能令我訝異。那標準提得太高了。在上海的人都有一種尋刺激的虛無感，那麼我就覺得更虛無了。

5
酒店裡，慶祝別人的二十四歲生日。一個想來遙遠的年紀。說不定是一個最老的年紀。當時感覺人生的確就結束在這了，什麼希望也沒有。現在我年輕多了。

在某個頂樓喝酒，外面像是聖誕節，綠色紅色的燈光在霧氣朦朧中，說是爲了慶祝什麼其實不爲了什麼。第一次到中國的他說以後聞到威士忌就想到中國，都形成腦迴路了。不是喝不醉而是太好奇大家都趁著醉意做了些什麼。誰還記掛誰的不忠、誰在朦朧中說些渾話、誰和誰雞同鴨講、誰說著廣大的毫無意義的投資經。這個城市誰都可以來上兩句。或是這個國家。誰和誰見了面都能談談錢的事情。

清醒者的角色是爲人適時拍背。我理解那狠心，像可以把腦中想法當實體吐出來就能當做沒發生過。華麗廁室裡的打掃阿姨見慣不怪，聲線平均地說著：喝這麼多傷身體啊，姑娘，吐嘛，吐出來就好了。是啊，我回。但昏迷中說不定還能隱約令我們身感一些嬰兒時期所得到的無償之愛。

6

始終覺得那日的新吉士最好吃，蝦子脆，肉香甜。我失聲。終於到了浦東，可惜沒像預計那樣能穿全套睡衣抱東方明珠。站著高高地看這個城市，還是有些灰撲撲地。自然是晚上會比較漂亮。虛華要在虛裡才見實華。

旁邊的國宅像大富翁裡的小房子——紅的、綠的、藍的……這一切是個遊戲。但這裡他們玩得起勁。

薄紗

Hong Kong

一天天我都不知道發生了什麼。清醒起來的時候發覺自己已經變成了一個自己不認識的人。這個我也已經說過了。我不記得，但字還在。

不聽歌，不看書，除了工作，也不怎麼寫字。不寫自己的字，因爲裡面有太多無意義與瘋狂。詩意溶解在香港的空氣裡，人生那些遲早要無關緊要的日常悲劇。

這個你說要來住半年的城市，慢慢的變成一個房間。期限到了，或過去了。

那部看了兩次的法國電影，中年商人來香港公幹，遇見在世界各地長大、無根無垠的翻譯，兩人陷入所謂生命中只會出現一次的戀情，在香港頂樓加蓋的小房子、坐天星小輪談上了戀愛。優柔寡斷的男主角終究無法離開法國的妻子孩子，失望的女主角只有告訴他：我們在世界各個地方見面，但我不一定會出現。

於是一次次不同的城市，不同的旅館，不同的高低和鑰匙……原來香港也能是個戀愛場景，只要你可以離去。它就是個戲棚。

又，初來乍到此城時，高樓大廈裡人們面無表情，誰也和誰無關又得這麼靠近，長著一個個山海經裡出現的臉。城中心裡有種虛華氣，淺薄的很寬闊，吃的喝的穿的用的，想要甚麼都有，就是沒有半點餘暇。只覺在這裡很需要一個屬於自己的人才能過下去，沒一個認識的人握著手，對著面，其它的角落都不忍卒睹——張愛玲把整個香港都傾了來促成一對也是應該的，這城就是個黑洞，走在平地上若不動就會往下掉。

有病吃藥。沒病瘦身。有錢花費，沒錢借錢。甚麼事情都有一個解決的方式，迅速的，明擺著的，天經地義毋需思索的。

說完不知道發生了什麼，慢慢的連自己是誰也認不清了。鏡子裡的人剪了一個新的頭髮，有自己不甚熟悉的笑容，不熟悉的輪廓。睡了半年的床醒過來，還是滿屋子的陌生人，在一個不適當的溫度裡。

這城裡有一個熟人，他和他所有我吞不下滅不了的東西。那所有你擦了再擦的地方，總是蒙著一層薄薄的沙。

隔壁晾著的一件紅色短衫正在黑夜裡背著路燈的光，像一個毫無目的的怒漢，激動地飛啊飛啊飛啊飛啊。

多謝，不要找

Hong Kong

烈陽之下，無一倖免，於是大部分人都散去了。晚上，他們會再回來，一條汗水、體溫、激情的河流，在重複一首歌曲，在呼喚一些字詞，在傳遞，在等待，在堅持。

要得更多一點。給我。我要。我值得。我不知道為何但我值得。我比他、他、還有她都更值得。

尋常街上，人聲鼎沸。黑衣河流在斑馬線截斷，開出一條路。兩條街外，靜默如墳。這是夜。

當然，你知道，沒有一個國籍的人是全部一樣的，沒有一個宗教的人是全部一樣的，沒有一個血統的人是全部一樣的，我們用它簡化問題。我們寂寞、不安、慌亂，我們不明白為何我在這裡，而不是那裡，或那裡、那裡，我們要一個信念，因為信念最清楚，最簡單。我們要在「某處」，靠在一起，分別我群與你群不同。

我們一起要，試試要不要得到。如果沒有，至少知道你也在，也好。

*

早上六點半，茶樓。放眼望去盡是一桌一桌的老人，獨身的，自己坐著，一人一個圓桌。電視上轉播佔中新聞，就坐在螢幕側面的老人開罵：都抓走，這個該抓走，這個也該抓走，這個也是⋯⋯難得有一阿姨，跟著唱和：有吃有玩，不用上課，當然都去啦！嘖！

他們都在說一個字——亂。

腸粉排骨蒸好了，香的香，軟的軟。靜靜地吃著，興味盎然地聽著，南瓜化在粥裡，蒸飯的肉油浸實在茉莉香米上。茶泡開了，喝完再嗆。

每個人桌上的大公報也在聽著，每個早上的讀物，一毛錢不用。好像在笑。

世界對他們未曾良善。茶熱，飯香，吃在嘴裡都一樣。他們一個人來，對空白大聲嚷嚷。

五十文，多謝。不要找。

*

黃碧雲在南美，John Berger 在河邊、在橋上、在樹下，我在他們裡面。從四面八方來的人，與我們說話。有近到侵犯的陌生人，有離得很遠的愛欲。兩本書，兩種國度，再訪。

人群激動的時候，你要涼薄；人群奔跑的時候，你要回頭。你的身體就是你的國土，你的思考是這國土的律法，除此以外，再無其他。

不要有骯髒的恨意，除了對於生的本身。生的本質是殘暴、是策略性結盟、而後排他。他也是，你也是，我也是，方法不同，誰比誰優雅漂亮。我們同時在這裡，沒有人選擇在這裡，我們只是在了。

螢幕裡一個個目的地，拔地而起的華廈泳池稍嫌生硬，透明的海水細沙扁平。我用力看著每一個可能性，每一張床，每個浴室，水龍頭的位置。把自己縮得很小、很小，彎折身體，緊緊握住拳頭，躲進手心。然後，是海的聲音。

*

你的國土如何，那裡運作怎樣的法律？

台北二號

Taipei II

28367010 你要寫工嗎
23548571 你要默女嗎
24501592 你要愛匠嗎

你要嗎

1

延遲了半個月前的第一班飛機。第二班隨即來了。你還是沒有找到一個說服自己上機的理由，整個旅程你的腦子都在找藉口或其它身體部位不會執行的撤出計劃。枉然。掙扎都是枉然。大腦知道但它不在乎。想像力野放。它一直野著。

多麼逼人的熟悉。在理解的語言裡迷失。太擠了。太多聲音侵犯你內裡空間。你聽見所有事。那些已被吞吐和處理的空氣，混合著現金、食物、肉身和混亂的味道。

女人們相互矛盾的想法和無藥可救的行爲方式，男人們對女人粗淺的理解、分類、追逐、與踐踏。

那些對你微笑的人：他們甚麼都不要。他們要些甚麼。他們甚麼都要。

你不想被看見。你不想被理解。你不想被擁護。你想念冷。你對剛離開的陌生地感到鄉愁。沒甚麼比熟悉更令人感到陌生。

下雨吹風也都太暖了。你還在那在你離去後被冰封的歐洲。

10

永寧和永春你只能選一個。

29839595
你要粗互嗎

14
獵人對獵人微笑，秀出鋒利的箭鋒。「只是這樣，毫無意外。」她說。對方理性理解的點頭，贈予代表幸運的狐狸兔子腳，兩人揮手，轉身而去。

獵人告別其它獵人。獵人保持沉默，在公車上讓座，附贈免費的微笑。

獵人走在一個忘記又重複了無數次的城市，獵人走在深深的森林裡。猛禽都不在路上；路上成雙的小動物輕輕跳開，移動的植物雙眼無神。獵人在找一個安靜的地方，一個眾人都知道卻不會想到的地方。

獵人在洞穴坐下，避開所有獵場。獵人縫補衣衫，或許還輕輕躺下；獵人看著牆上的狩獵圖像。不動聲色地往下沉。她的狩獵是藝術，不是追逐；無關拿取或掠奪。甚至無關獵物。她的藝術是讓自己從內裡強大同時一點點往外輸。

22
我生命中最真實的感覺都與真實無關。

永春

Yongchun

頭頂上兩公尺的地方一直有人在敲著甚麼，有些早晨是鑽，她說這地方換屋率太高，總是有人在重新裝潢。十多坪樓中樓的小套房，全開高四米五，擺明讓人建違建。上班時間停著上班掙不到的高級轎車，司機等著上樓的主子，主子在樓上養了頭小動物，他去安撫、或拿取。

沒幾步是捷運站出口，每天得讓它吞吞吐吐好多次，沒一天是在房子裡沒出過門的。家裡沒有書桌，Laptop 是眞的都在 Lap。我半倚在床上寫完所有文案，寫完往往已經下午四五時，全身飄飄地出門吃飯。

吃飯是最適合見人的時刻，台灣的會面活動都和吃喝脫不了關係。於是把一餐餐留給會面，不然，我就不吃，一個人走在燈火流竄的街上看眾人忙活，機車騎士在紅燈前打電話，癱在巨大粉紅皮沙發上緊盯電視的捲髮歐巴桑，那些戴著眼鏡穿著西裝撲過來的業務員，下午咖啡店裡不停論人長短的眾女性們，年輕的粉頭粉臉地翻著雜誌銜著吸管，無聊地聊著這個或那個男子，等著這些男子讓她們成爲另一邊全身所費不貲卻再也毫無意義的中年婦女，談著兒女的情事，拉著眉，睨著眼，時不時要四處張望，壓低聲量，再竊笑…… 像討論宇宙興亡。

飯也眞的很夠吃的，除了吃飯還有喝酒、喝咖啡、喝茶，各樣的聚會，與各種人。螢幕上歌詞淒淒地問爲什麼爲甚麼爲甚麼，或我很堅強可以一個人過下去你走沒關係，裸著半個胸的女子過來摸著我的臉說你好可愛有沒有男朋友？隔壁都是醫生和營造業的，要不要和我過去？我們臉上都映著螢幕來的青光，嘴裡含著晚上慢慢抽出的獠牙。

旁邊有笑有鬧，都要趁著醉意，忘記，麻痹，倒下，再不知爲何地爬起。

喔爲了宇宙繼起之生命。爲了進化中讓自己站到高處。爲了有人對你低聲下氣。爲了在擁擠的地方有塊立足之地，一百坪，一百五十坪，兩百坪。中庭裡喝茶的是穿著十八時代戲服的鬼佬，游泳池裡游的是手長腿長的洋妞，建築師是日本歐洲來的。他們不會和你住在一起，他們不過是無聊年輕來一個亞洲小島玩鬧掙金，他們甚至不是特別漂亮——你別想那些事情。爲甚麼你想那些事情？

繼續。在籌碼凌亂的桌子裡落手，賭一個機率極小的局。輸贏不是重點，大家都在這裡，不要袖手旁觀，投入這場熱鬧，不然還有甚麼呢？你的歌來了，字幕開始跑了，酒來了，倒滿了，喝光了，已發生，忘記了，時間過去了，車要開了，主子，你該回家了。

台北一號

Taipei I

——— 1/4 En Burger

1 原本要去的咖啡館今日收店拍片，在隔壁巷子找了一家下午毫無生意的美式餐廳工作。

2 音樂聽著聽著也就習慣了，想像自己是美國高中生就好。那麼對面的戰友不是學校影劇社社長就是校刊總編。

3 看店的年輕店員滿足我倆的無理要求，連插頭都從櫃子裡拉出來，差點要問傳眞印表事務機可不可以來一台。

4 我如何離開酒色財氣的信義區，貴氣逼人的大安區，烏煙瘴氣的台北盆地，綠油油膩的台灣，人氣蒸騰的亞洲。或是我需要的只是一扇窗一個桌子。或是我根本是隻偶爾躺睡的蟑螂，翻過來也就繼續爬下去了。

——— 1/7 波黑米亞

1 波黑米亞很有氣氛，但人滿爲患，音樂很好也聽不到，而且好音樂讓人用心聽，反而分心。

2 「不要同情自己，那是弱者在做的事」；不要抱怨世道，前額葉是長出來解決問題而不是抱怨別人無法解決問題的。和它拚了。

3 壞人最愛說好人有好報，不然誰來墊腳。

4 今日聽見的對話都比漢堡店員無聊，缺乏生命力、創意，令我胃酸。不想寫出來，想翻桌。La Boheme 精神應翻跟斗手舞足蹈跳火盆，這麼暖怎麼得肺結核啊！

——— 1/10 波黑米亞

1 爲了接我遺落在這裡的傘，淋著雨再次來到波黑。

2 我還是沒有找到一雙替代老鞋的新鞋，腳跟涼颼颼地，邋遢地總算 bohemian 了起來。

3 早午餐套餐里的黑胡椒牛肉火腿片多到可以養活駐紮在蒙馬特的三千多個德國納粹。

4 我的錶睡著了十分鐘。正以爲沒電了，它又動了起來。

5 兩個桌子的對面有個聲線好聽的男子，在黑暗中頭放在枕頭上聽見的話會動情地哭起來。然後他會開始打呼，然後我會開始恨他。

6 讓我爲你揭示聊天的奧義，咳咳。

——— 1/11 Homey's

1 一個令人萬念俱灰的天氣。坐在牆角的最後一桌，旁邊窗子不斷傳來巨大的雨水聲，那是聚積起來一起打落在窄巷裡的響聲，像掄牆。

2 同夥挑上東區巷子裡二樓的 Homey's，說咖啡很不怎麼樣，但可以抽煙的小陽台是難得讓煙鬼可以感覺像人的地方。

3 不遠處兩個桌子上的兩位獨身男子分別對著螢幕露出調情時出現的似笑非笑，像《Up in the Air》裡喬治躺在旅館床上看黑莓簡訊的那種表情。你想和螢幕對面的兩位女子說：不用信任在鏡子前待得比你久的男人。

4 沒有陳德容對戲的馬景濤將如何。說不定就正常了。說不定變成了尼采。把所有激進噴往瑞士山林。

5 不相信，於是充滿想像力。

——— **1/13 Agnes.b Cafe**

1 盆地的雨令人魂飛魄散。就在你好不容易離開軟褥被窩，決定好好川燙一陣，提起精神重新做人——熱水器壞了。

2 得躲到咖啡杯裡，角落裡，偽氛圍也好：沒有真的，假的也行。

3 或是去哪個時尚生活館讓兩個壯漢四手聯彈把全身溼冷憂鬱一次痛快地壓出來。從肩膀、肩胛、手臂、手心、手指、背脊、腰腿、內腿、外腿、和痛到令人想尖叫的小腿——彷彿我是匹站著睡覺的戰馬／不／是匹每天招待無理小孩的迷你馬——腳、胸口、耳後、臉面，直到我再次變成一個人。

4 隔壁白瓷般的少女令我驚艷，完美如挪威森林裡逼玲子姊發瘋的哪位，粉色嘴唇和母親商量的卻是頭髮燙得太直不好看燙了多少錢這個裡面有奶油吧很貴嗎我不想吃完把爸爸的卡刷爆我要找一個有錢的男朋友。

5 盆地的人令人魂飛魄散。

6 雪國的註冊按摩師是個女同，能把我從鱷魚按成海豚。

7 坐在虛無的美少女旁邊，我彷若 1Q84 的青豆。

——— 1/14 有河 Book

1 我從開店就一直在網路上關心的小店，比照片上還要小許多。

2 每次遇見部落格讀者，像頓時被剝掉衣服，讀得越多脫得越淨，冷颼颼。

3 淡水。台北最低溫。冷到像有只小手在腹裡抓住內臟扭，用古早味滷排骨鎮壓。有效。

4 此乃深不可測淺不可堪寒冷的熱帶。

5 淡水線一直往北開，往北開，心裡好過了些。因爲是熟悉的紅線。樹。河上的霧。但那都像夢裡情節，全然不眞實。

6 我還一直在一直在買，像塡補自己想去沒過去的護城河，河的那頭有等著吞吃我的巨獸。像精衛塡海，內裡的黑洞，所有無法滿足的部份，在每個黑夜裡叫醒我的部份，在路上緊抓我雙臂搖晃我、把溫暖被窩變冰冷的部份。我需要你，書，別的宇宙。因爲這個宇宙不夠。

——— 1/15 小小書房

1 灰塵越積越多，如沙漠上的大草球捲著毛髮滾過；熱水器失靈，水管不通，衣服不乾，像 Marie Redonnet 的 Splendid Hotel：一切都在腐蝕、破落、死亡，東牆爛完爛西牆，人生的基調——沒有大雪會來覆蓋、倒映、收尾。

2 小小書房其實不小。人煙吵雜的頂溪暗巷中，一個神奇的房間。像《Chocolat》裡的畢諾許，女主人也有這種獨立於某處的大姐味。

3 她說《咿咿咿》應該來個動物選舉：她喜歡倉鼠並覺得作者在牠身上特別用心。我從海豚慢慢轉到支持麋鹿，越來越消極。熊繼續神出鬼沒自言自語。

4 這裡的窗大概是所有活動地點裡最適合寫作的，永遠不知道有誰會走過窗前——開著十五年小車的中年司機、提著棉被毛毯的台灣新娘、上面羽絨下面拖鞋不改的歐吉桑——臉沒有表情但有故事，直接刻上。

5 櫥窗裡的我們更具觀賞價值。

6 他說劇本顏色豐富感情愉快和窗外的淒風苦雨形成極大對比。費盡全身氣力擠出五分鐘童言童語，顏料已擠完，內裡乾涸。一周結束。

——— **1/17 La Crema**

1 昨日雨，今日晴，第二天的 La Crema。他說是台北最好的咖啡店。斷網、適合工作的純音樂。顧客的制服是 60/70 年代產出的老毛衣。

2 四個退休白髮紳士談著匯率戰、幾個主要移民城市的優劣、誰怎麼炒了甚麼地皮誰到北京花兩百萬換了顆年輕的活心。男人八卦其它男人，還是有些趣味的——在他們總算不用討論女人的時候。

3 男人討論女人是美醜包裹優生學，女人討論男人是浪漫包裹現實盤算。純粹的戀情與此無關，但純粹是個幻想。哲學是找不到出口的精子，或爲已經出口的精子找個解釋；時間倒數的秒針無比響亮，憤怒的卵子在腹裡滾燙，再灑脫出色的女子都會失心發狂。

4 我們一向高估自己的想像力，連造物主和宇宙更替邏輯都想自己決定。

5 找到對自己誠實的人談何容易。別說他對你說謊，他對自己都不甚誠實。

6 墜崖可以順勢學游泳；迷途自有一番風光。「跟著繩子走下去，就算最後哪裡也到不了，還能夠拿來上吊。」《未婚妻的漫長旅程》…… 公路與所有有關找尋的故事。

———— 1/18 合歡咖啡

1 同夥需要網路，推翻了第三日的 La Crema。合歡咖啡場地很大，早上和晚上光度差不多，適合多種不同場合和演出活動。斜對面的 Hana 和花徑開因充滿同夥口中無腦少女的嘻笑歡聲而被遺棄，走出門後兩人在路上嘗試笑了數秒呵呵哼哈哈好好笑——在我表示或許這樣連笑十五分鐘人生將會變得不同以後，他往地上吐痰一樣說了句：XXX。

2 於是兩人正經八百地坐下撰寫教育未來英才的動畫。

3 店員主動問需要插頭嗎，整個下午的安靜，時常失靈的網路和絕對平庸的 BGM 也就原諒了。角落裡穿粉紅襯衫全程戴口罩的男人像是間諜。

4 四個想去和想再去的歐盟國的這一年的信貸評估是這樣的：希臘無藥可救、西班牙力挽狂瀾、葡萄牙愛爾蘭曖昧不明。巴西與澳洲一城一城淹沒；很久沒聽見美國想甚麼。

5 崩盤、戰爭、災難都是瞬間發生：黑天鵝拜訪前，牠不會打電話和你預訂時間。

——— 1/26 長白小館

1 爲了需要網路的緣故走入 La Crema 對面的 La Vie。感覺似無奈的外遇——她是最溫柔最好的，但她跟不上時代，但她不了解我——解釋因爲覺得有必要解釋。

2 咖啡似雀巢，還嫌淡。價格偏高，網路不穩。但沙發舒服，座位間隔讓你自己選擇要不要聽到鄰座討論家計公婆和王子麵的行銷預算。

3 音樂是至今聽過最好的：沒壞到令你作嘔懷疑世界存在目的，又沒好到令你分心覺得文字純屬多餘。

4 上了年紀的店員認眞地非常可愛。

5 開會討論爲甚麼會永遠開不完；忙碌到想出方法不忙碌。

6 長白小館酸菜白肉鍋，險些肚破腸流。好吃嗎？冷風中等一個小時後，衛生紙也可口。

——— 1/28 Solo Pasta

1 今日食色都令我回想電影《I AM LOVE》，奇幻鮮豔史上最強吃蝦場面。看完走出戲院，一個小時內都還吹著義大利的微風。

2 老油條裹上八層金鐘獎麵皮也仍是條乾巴巴的油條。

3 M35 鐵人說游二呎和五百呎也沒有甚麼差別。

4 M25 說一旦我變成老油條請儘管鞭我數十驅之別院。

5 有運動習慣的人心理素質特別強大——何必為沒照顧好形而下的身體找一個形而上的解釋——憂鬱？吃美食，跑二十里，性忘愛。

6 或許有甚麼不一樣，或許到最後都一樣，或許 最好 是 或 許。

———— 1/29 川府

1 土匪和耶穌面對家人家鄉，一樣難以解釋多年行為行當；掠奪與革命需要空降，不是隔壁老王嚷嚷：哎呀這不是____嗎已經這麼大啦。

2 劇本：莎崗和杜麗娘會怎樣對話；又，卡謬和寧采臣會怎樣對話。

3 沈家族的隨性歡樂、創意横生是我面對世界社群感到無聊平板的元兇。

4 心理學解釋，無論多久，無論有沒有見過面，人們對血親總是感到親切。是進化時留下利於生存的機制，如同其它直覺性的一切。讓我們快樂在乎動情動性的都適用在叢林大草原非洲荒漠北國冰原。
5 本質關懷，其它不管：多加餐飯，吃飽穿暖。

———— 2/7 誠品咖啡

1 假期完了。得再次四出找掩護物。

2 仔細想過所有角落：有網路的咖啡太糟；好咖啡都沒有網路。兩者都有的咖啡廳一定在某處，但今日我毫無探險精神。

3 人聲鼎沸的誠品市場。難得聽見輕中年男子的下午茶對話，英文標準聲線低沈的軍師先教如何寫信約出心儀女子，再開釋職場狀況，說到激越處不時老拳拍桌以示決心：老師在說你有沒有在聽。

4 沒聽內容還以爲孫文和黃興要揭竿革命。

5 要了解他的心靈世界，像拿著藍波刀一點點開拓雨林：猛獸、瘧疾、食人魚。有些人是雨林。有些人是沙漠。有些是圖書館。有些是大商場。最好是一列火車，窗外不同風景變換，我在移動中最感覺心安。

6 新年新希望：遺棄舊希望。

——— **2/15 導演姊妹的店**

1 因爲此街就剩它還沒來過，但幾乎是手摸到門把的瞬間就後悔了。

2 來來往往：大聲討論劇情（沒有性怎麼愛——或是相反？）、敲演員（挑到好戲才是戲）、抱怨同業（去大陸一趟甚麼也沒有回來，還以爲自己就成了個人物）；看的是似曾相識但不認識的面孔，聽的是 KTV 榜上的國語流行歌曲，聞的是不遠桌下插著電襲人的假花香。誤入了影視圈的祕密後門，想寫出的句子都是：你是你是你是愛我的。

3 醃過威士忌的夏宇與我互問：我會是你第一個錯嗎？是啊！你愛我嗎？我愛你啊！你是眞的愛我嗎？是眞的啊！眞的啊眞的啊眞的啊。

4 眞理出口八股，眞情出口媚俗：一切只能隱喻、暗示、想像、留在心裡、保持距離。

5 不愛該如何退場？卡門、包法利，他殺與被殺。不愛者只能被賜死，不允許只是得到然後雲淡風輕，一筆刪去。

6 啊爲甚麼誰都能活得全身是勁？

———— 2/17 台北光點

1 十年裡你幾次在這街上走，後來甚至搬到它附近，還不願意一回來就見它，要整好以暇，要人模人樣，就怕它笑你生疏了變了成熟了卻還是無法眞正成爲人群。還這樣不切實際嗎，你？

2 書沒有了，變成一些叫不出顏色的衣服，但你也就算了。像久違的情人，你知道他變了但你預備好原諒它了。他胖了，俗了，醜了，都沒關係，只怕他冷淡了。最終你想看到的不是他，是當時的自己。

3 只要熟悉，和好不好便沒有關係。所謂護短，不是保護那短少的，是保護那與自己有關的。

4 他說這是最好吃的，你卻知道這與好不好無關，那不過是他最熟悉的，那永遠都是最好吃的——因爲你吃到的是火鍋，他吃到的是童年。

5 何必呢，爲甚麼呢，做甚麼呢。那不牽你手的濃眉少年呢？那和你一起在戲院裡被叮咬的情人呢？你不再爲他們難過、激動、心焦，你不再想像他們了嗎？爲甚麼你一人在戲院裡流淚，螢幕上海面金光燦爛，永無止盡。而你太明白：這是她最快樂的一天，爲此她可以賠上一切。

尋墳記

Tainan

我們在太陽下山前跳上計程車，搶著去看鄭成功兩個未遷回去的妃。天色漸暗，司機聽見我們請他到了以後在那等等我們，因當地叫不到回程的車，語氣僵硬地問：「你們不會留得太久吧？」

那裡的確只有我們五人。像逃課的孩子一起分享某種不用言明的樂趣，知路的鄧用府城人的步伐大步走在前面，甚麼代誌攏毋代誌那種。後面跟著歡奔起來的章，我們其它三人在後面慢慢地跟，硬是踩進蚊蟲棲身的草叢裡，對方遇見活肉像過聖誕節，哪有路這種東西。

終於找到了。一面白石面著太陽已然消失的西邊，順著白石的視線往蜿蜒而去的山坡下看，左右遙望，盡是無邊無際、無止無盡的墳頭——新的舊的，正的歪的，豪華的樸素的，完好的破敗的——墳頭下還有無限的其它古墳舊墳，撿骨後打碎了，新墳再從上加上來，有些舊墳裡屍骨連拾也沒拾。

我們看墓，墓也看我們。三十幾萬的數字不知哪裡來的，總之是一眼望不盡，望不完。大片葬野裡一棵樹孤零零立在中央，怯生生地，夜晚該有多少幽魂以此為約據？黑狗兄、青蚵嫂、負心郎紅毛漢。

沒點忌諱，各人拿出相機手機就拍。章拍碑、我拍樹、楊拍風吹得一浪浪的墳頭草，一個勁頭瘋長。臺灣人詛咒人，腿一開，手一比，醮：上次得罪我的人墳頭的草已這麼長；中國人形容焦躁、沒定性、思緒慌亂：心頭長草。都很適合。只看章快快拍完，又開開心心地跑在前頭，說是去看看計程車還在不在，兔奔而去。

這地方稍一走神就會迷路，瞬間化作白骨也不稀奇。我穿條八分褲頓覺飢蚊比惡鬼恐怖，手握領巾虛晃，只比招魂道士積極一點。但此間故事太多，夜色襲來也未甘心，硬是東摸摸西走走，這裡是這個清末舉人，那裡是那個短命文客，只有孝子孝女的苦著臉冷著臉等，頭皮硬硬撐起黑白相，估計大家都有話說。

司機你別走啊。

像末日般叫了一大桌子菜，狂飲爆食，還都說不過普通。夜裡路上難得有個身影，只有黑貓花貓小巷中魚貫而出，毫不怕人。廟裡的神明都很難親近，不是衣服穿得太多，就是吹鬍子瞪眼睛；龍合在柱子裡，騰不上天，只有青筋畢露。楊鄧章三人說墓地旁一般都是傢具店，因棺材用料實在，木質精美，拾出屍骨後只有下面爛了，身邊兩塊和棺蓋特別好。

鄧再笑笑說據說許多棺蓋裡佈滿抓痕，某些拿去做成琵琶。我說這種古琴絃外之音應該不少；又或者做成床板，底下又多睡一人。

那萬墳景致多野麗。美大過於恐懼。

廣場

The Plaza

我該把彩燈結在誰家的聖誕樹上
哪一個幸福的窗戶
雪
暈黃的燈光
誰有一個幸福的生活
讓我張看
因我的樹著火
我的窗口
已成廢墟
只因我執意尋找
一片不存在的
完美雪花
只因我不能正視生活
若它不是一幅圖畫
只因我沒有建立生活的能力
徘徊在無人的大廣場
一再流浪
等待被收留
和逃亡。

獨處

人生戴在頭上

Life you Wore

他們把人生戴在頭上
以它爲榮或爲恥

他們搶奪羽毛
有時候從鳥類身上
有時候從獸類身上
有些時候
從別人的帽子上

他們把頭抬得很高
讓帽沿的陰影蓋在別人臉上
他們把頭垂得很低
好讓別人細看 窮愴或豪華

我把帽子脫下來就走了。把帽子脫下來就走了。

他們把人生戴在頭上
像一頂摘不下來的帽子
他們不願意將它摘下
無論看不看得到它。

黑暗中的笑聲

Laughter in the Dark

有些絕對單調的東西——工廠規律運作的機器、窗外浮過的白雲、年復一年抽長落下的葉子，怎麼也百看不厭。但那些階級清楚的社會場合，那些桌上既成的禮俗對話，卻讓我驚恐萬分——他們不知道自己在說甚麼——這裡出現的字毫無意義，意義是說下去。

握手、笑、把桌上的食物放進嘴裡、站起來敬酒、互相稱讚、在範圍內調笑。看過演練過無數次的台詞自然流暢地從嘴而出，噢呵呵呵呵呵呵呵。他們對你的臉說話，臉下面的東西沒人關心。而現在你應該先睜大眼睛，顯示吃驚，再想通似地瞇起眼，拉開嘴唇，露出貝齒。像是你從沒聽過那些言語。噢像是非常有趣。

尺度

或許人不過是個肉做的機器，運轉一路灌輸進大腦的觀念與作風。沒有人需要意外。意外代表陌生，陌生才令人驚恐。

你不能告訴他人他所不知道的事，除非他決定要知道——他為什麼要知道？如果那並不能讓他與別人更加親近。親近要求的是整齊。

整齊湧出的善意敵意令我沈默。我知道我最好沈默——就算我想說的是這麼多。

哭哭笑笑

我們理解黑暗中的哭聲，因爲知道再快樂的人都有哀愁。因爲哭泣是我們見到世界的第一反應，甫出娘胎的嬰兒因缺氧而奮力啼叫，越大聲越好——哭是爲了活下去，不願放棄而奮鬥下去。

黑暗中的笑聲卻令我們顫慄。因爲笑必須是溝通工具，是爲了表達善意，不該在毫無交集的時候獨自出現。黑暗中的笑聲是反人群、反生存的。是自絕於世外的自嘲……那黑夜還在往下一層層沈下去。

劇情

Drama

改著劇本的中間看完了兩本自傳，琳恩・芭柏的《這堂課》和陳俊志的《台北爸爸，紐約媽媽》，都是拿起來就沒放下的書。兇狠之處讓你覺得割心，但兩人描寫那兇狠的筆跡分別帶著冷冽和自嘲的笑意。在你震驚的時候捏你的臉，說一句：不然呢？或對你吐吐舌頭，說唉呀天涼好個秋。

可以看小說，看電影，自傳更好，這時候很難投入那些理論、分析或任何沒有劇情的書籍，和眞人交談也無所助益，因爲眞實太眞實，身在其中看不見究竟發生了什麼。像貼在木板上的圖畫，還來不及刻出深淺，要下了刀才知道木板的軟硬。那木板是人物的質地，圖畫是發生的情節，腦是工匠，只有作品完整現身時才知道究竟是怎麼回事。

眞實總是這麼扁平。

*

被傷害與傷害者無關。他可以是陌生人是熟人，有意或無意，但其實都一樣了。傷害本身像一個等著被交付的實體，傷害者不過走過來，將它交到你手裡。

「從那裡來的？」你想求助於送件者。

「我不知道。」送件者並不知情。

往往送件者也不知自己送了甚麼。他只是送件者。他並不關心，他毋需關心。就算他關心他也無能爲力。這全是你自己的，誰也幫不了你。

*

那是一種挑戰：你可以把它同化，讓它成爲自己的一部分；或是永遠從一個距離凝視它，在它的對面，冷冷地看著它。兩者都不會改變發生那一刻的驚恐，但創造的迴路有所不同。你可以選擇成爲傷害者，然後發現不過是這樣；或選擇理解並旁觀，哦是這樣發生的嗎，原來是這樣。

或是你可以不要動。像國境之南男主角的初戀，因發現男主角和表姐之間「連腦子都要融化那樣的瘋狂性愛」而終身變成一尊冰冷的石像。

*

眞實總是這麼扁平。誰眉來眼去，誰忘恩負義，當事者和被當事者的憤怒、遺憾、快樂、哭泣都輕易地被預知，對著你擺出理所當然的神氣。眞實在世上自顧自運作著，以它自己切實的邏輯，沒有甚麼比其中毫無力道的角色更令你感到荒謬、虛假、無力。戲劇的毒癮終究讓你對平凡失去興趣。

寫故事的人

The Faceless Writer

1

隔壁的男孩終於開始尖叫了，在他反覆掙扎、踱步、打滾、大叫十數分鐘以後。五分鐘前，我幫他撿起他扔在地上的菜單，交給他長相溫柔但齒顎不正的母親。大人們交換微笑。

「芬力，你該說甚麼？嗯？」男孩的父親對男孩暗示著。

男孩撇過頭去尖叫。「……我不！」

我和他友善的母親在咖啡店裡分享一條長椅，她持續對店裡其它顧客投擲抱歉的臉色。男孩的父親，一個長著溫順眼神、整齊柔軟的栗色短髮、卡其褲、襯衫外套著洗了無數次的針織衫，滿臉寫著好丈夫長相的男子，和他們始終睜著好奇大眼、相對乖巧的女兒坐在對面。丈夫長得像奧斯丁小說裡默默等待許久，最後無怨無悔收下遍體鱗傷的主角妹妹的男配角。不，甚至不是那樣。是娶了長得並不出色也不特別聰明但絕對和善的三妹的男配角；是到男主角家過暑假的富有堂弟，一輩子認識的適婚女性不超過一雙手。

一男一女，功成圓滿。接下來十年他負責照相，再來十年負責把貸款付清，最後他負責戴上眼鏡看報，直到他忘記怎麼穿褲子爲止。

男配角和男主角最大的差別是，吃起飯來那種避不開的傻像。

但他是怎樣的一個好人啊。

2

想像你的人生是本書，你要一個怎樣的故事？自助手冊總這麼說。但我寫的故事這麼多，而且從來就不擅寫長篇小說；但我喜歡的故事都像一雙從喉頭伸進內臟的手，在過程中反覆往不同方向扭，逼得人在座位上動也不動。自助手冊應先聲明這方法並不適合作家劇作家使用，自助手冊應指導作家劇作家趕緊加入勵志行列掙錢過個值得被尊敬稱羨的生活。

沒辦法把自己鑲進故事裡，因爲我不是故事，我是寫故事的人。寫故事的人不能寫一個已經寫好的故事，寫故事的人要故事告訴她，她所不知道的所有。

3

但我也能誠懇建議他人過這樣的生活。

「忘記我。趕緊找個好女孩，結婚生子。」

「是的，好男孩和好女孩結婚，微笑，生孩子，迎接中年危機。」

「中年危機不是不結婚就擋得住的。」

「……那也是。」

4

寫故事的人抬起頭來，她所寫的人都離去了，換上了一群新面孔。長著憂愁表情的美麗男童，金色的波浪框住他的面孔。他身邊正接受癌症治療，往蒼白面孔打上精神的光頭母親。讀著某種工具書的熟年男子，紅底白字的書皮明指——……如何能改變你的生活——就算他配著銀髮的削瘦面孔氣質良好，看上去已經走到了那生活的底端……

寫故事的人沒有面孔。

一個人在房間裡

Alone in my Room

語言

母語——十二歲以前學習的語言——無論有多少——會永遠存在，自然地與語義融合。十二歲以後學習的語言多半得靠其它系統的支援，花的本身——然後是花——然後是 flower。然而像所有技能一樣，用久了總會變得自然、上手。開始發現自己得把思考翻譯成中文，或講幾分鐘的話讓腦子「預熱」。這還是第一遭。

我在想，英文的我其實和中文的我是兩個人，她們是很好的朋友，總在互通聲息；但她們還是兩個人。

房間

這裡是一個博物館，展覽我不同時期的生命——們。剛開始我住在這裡，然後我帶著一個行李離開，去外面活；不久以後帶著許多許多行李回來，我打開這些行李，把衣服放好，把書放好，把經驗寫下來。然後，沉澱，讀書、看電影、學新事物。那些在路上沒辦法好好做的事。

在房間外面的生活就像去外面打獵，永遠不知會帶回來什麼：有時候是老虎，有時候是獅子，有時候是海豹，有時候是條魚，或有飛行器這樣剛好墜落在我的獵途中，掉出來一個烤得半熟的外星人。我把這些生命帶回家，一一清潔、洗淨、解體，將毛皮、內臟、肉塊、分門別類收好，值得的時候，把頭掛起來。

做完這些以後——就準備下次的打獵。磨刀、練功、往槍裡裝子彈——想想下次會獵到什麼——直到我再離去，再去打獵。獵人在房間裡休息，獵人在房間裡整理獵物，獵人在房間裡預備打獵，她不會永遠待在房間。

信徒

信仰是最容易解決所有焦慮的辦法，所有問題的解答。重點是：停、止、不、想。對信徒來說，因爲眞理就是眞理，那與眞假毫無關係。無論信仰的是宗教、愛情、希望、某個人、某種說法、某個團體……重點是信就洗了手，意思是說，全交給你了，從此以後沒有我，我不再想，因爲我在你那裡了。因爲信，所以請停止辯証。

信望愛裡最大的是愛——是不可能的——最大的是信。相信一切，相信一切的一切，相信一切有他人掌權，相信你的意念高過我的意念，相信最大的是愛，不用解釋、不用道歉、不要告訴我那叫做「通往右腦的捷徑」：只有我不能理解的東西才能解釋所有我不能解答的問題。

焦慮

開始感覺它是一種癮，而不只是單純的求知欲。如果這些書、電影、理論、新聞、資訊是一種食糧的話，那麼我的暴食症顯然值得觀察。對飢餓的原始恐懼讓我囤積食物，我就睡在盛宴中央，想著小口享受卻看見自己囫圇吞嚥，再來是暴食以後得馬上寫出來的嘔吐慾。

又如果它們是子彈，我得一一裝進腦裡，或許就能解釋我睡在坐在待在火藥庫裡惶然終日的症狀。在無止盡的追逐 / 靜止不動中，一切都在旋轉 / 失控。

總有沒吃完的。總有沒嘔出來的。我和我的強迫症。一個人在房間裡。

需索

Yearning

秋病

中秋的月亮很驚人，像鋸開獨角獸眉心的角留下的一片晶白，靈氣中有種實際的殘忍要破雲而出，亮著在空中瞪視。隔天便開始下雨，兩個月的晴天告終，氣溫在十月一日驟降，我過了午夜還在被窩外趕劇本，捲起來的腳簌簌發抖。沒在意。隔天便生病了。

像夏日儲存的烈陽、愛琴海的整夜濤聲都用到了盡頭，坐著頭暈，躺著便有許多可怕念頭湧進腦子，黑暗裡，心裡開著讓人腦發痛的大燈，寂靜中眼睛後方有鑼聲笞響。肉做的夜割下一塊一塊，血肉模糊。體溫像是燒的又像是含冰，而腦子裡都是漿糊。

正確消失的方法

開始寫的小說像有自己的生命，每天起床面貌都有些不同。我要說的那個故事也有事要和我說，而且聲音比我還大。手追不上它。寫劇本或說故事，最好的是在其中消失。從冰冷的腳開始透明，一段一段，腰，胸口，頭，脖子，最後只剩下鍵盤上的那雙手，像與指腹下的物件合為一體，噠噠噠噠機械式地運行。正確消失的方法。

生病卻與消失背道而馳，你在，所有部位都在，為了讓你確認無誤，點名叫號一樣，用各種病徵回覆。提醒你終究還是身體，沒有其它世界，天堂地獄都只是腦裡皺摺和激素平衡，「不帶著我走，你哪裡也別想去」，它似笑非笑地對想像說。

《PINA》

身體和想像一起去看電影。長圍巾裹了一層層，坐長長的車。播的是溫德斯爲現代舞先驅 Pina Bausch 拍的半紀錄片。每個舞者像吞下了太陽、月亮、和整個宇宙，把身體從裡到外翻了一層，外面的是靈魂，是掙扎，是孤獨，是血液裡發生的衝突和每一次對愛的求索和癲狂。因爲不跳，心靜不下來。舞動以確保自己和其它空間的關係。「脆弱就是你的強項，」她對舞者說。所有舞者都是她，她過世以後，靈魂繼續在他們身上活下去。

「我們在渴盼什麼？這些需索究竟從何而來？」

那些永遠得不到解答的問題，但不能不問，於是不停舞著，問號、問號、問號。繼續跳，繼續跳舞，就不會迷失。追問本身就是問題的解答；渴盼著不停渴盼，需索著永不停止需索。

表面與真實的謊言

Sex as Communication

「……以施虐或被虐來解釋都是荒謬的。這與個人偏好無關。它擺盪於歡愉和痛楚，熱情與抗拒，這些元素同時存在於性愛中。性愛來自完整的個體被毀滅、被分割，同時，在現在這樣的世界中，性愛不可取代地承諾著片刻的完整。它讓人感知一種愛來抵抗它本身的殘忍。

他描繪的面孔理解這些，這認知使他們面孔發光，深刻地像傷口一樣。他們是墮落者的面孔——他們以一種只有墮落者理解的誠實，獻身給欲望。」

——約翰．伯格談卡拉瓦喬

表面情

我說不。我的臉今天不上工，它不想工作。非常誠懇的回答。也如同大部分誠懇的回答一樣冷酷、遙遠、傷人。然而我無法滿足想像，也不能演出既定戲碼，就算我知道它們是甚麼模樣，但我不想。

我不想因爲那並不眞實。也不誠懇。我不想演戲。因爲我知道你期待著興致勃勃的表情，但我沒有那樣的精力。

那些期待被留下的離去，期待被撫慰的哭泣，被縱容的、被愛護的，我看得懂，但我不想參與。我沒有那樣的經驗，也痛恨重複。或者我只是不合作，因不想在他人的戲碼中當眞，也害怕別人在我的戲碼中當眞。

性愛作為溝通

有些性是道歉，是征服，是泄憤，或是反射——像搔癢，或噴嚏——有些性是報復，是回應，是給予，是拿取。索討那些以其它方式索討不到的，於那些無法以其它方式給予的對象。

比語言更誠實，更直接，也更眞實。敏感的愛人在性愛中得到的資訊遠比語言來的豐富。它可以是一種權力的掙扎，或展現，或確認；也可以是對等的理解，溝通，或互惠。

你好嗎？我很好，你呢？我也很好。這樣很好，不是嗎？

不幸地，一般人所談論的愛情，時常只是性慾的眾多擬態之一；那些在歡愉中不由自主地哭起來的情人，在感到幸福的同時模糊地理解其虛假，及殘忍。

自由落體

彷彿有這麼一次，我們將自己全心全意，毫無保留地交給另外一個人。在我們學會說失控或尊嚴以前，在我們毫不知情的時候。在我們尚未意識存在是甚麼。一切無憑無據的理直氣壯。

那時我們的身體可以說很多很多。現在它都在說謊。一旦它意識到它在表達的是甚麼——就算是愛或關懷——謊言於焉而生。因爲它本來就不該說話。

「再帶我去其它地方好嗎？」

七十個七次

Seventy - seven Times

已原諒的 Forgiven

忘記比原諒好。忘記就是原諒。如同事情未曾發生。這是中文語源的原諒——回到過去，如同原始，完好無缺的信任——原本對事物的理解。

而在日常生活道歉和接受的演練裡，對不起之後的是沒關係。對不起是兩個人想法無法配合，沒關係是你與我已無關。關係可以脫離，就無謂還要對齊。對不起不過是「配合不了」，與歉意無關。沒關係是沒關係，也非原諒。是既然對不起，何必有關係。

原諒 Forgiving

而解構主義的德希達 Derrida 認為，原諒某人或某件事是兩回事，原諒和被原諒也是兩件事。原諒與道歉或和好無關。當對方道歉或改變，當那需要被「原諒」的本體已經改變，也就不需要原諒了。於是人只能原諒所不能原諒的，而且是不斷地原諒。七十個七次。在那需要原諒的本身仍然一樣的時候，原諒。原諒不應該有但書，不應該有期待的結果，不只是和好行程表的一個手續。

不原諒 Unforgiving

不原諒就是不忘記，不忘記因為有所用途。就像被火燒傷，就像從高處摔下，就像知道懼怕蛇蠍或繩索，那是人類存活的本能。原諒與遺忘本身與求生和延續的本能是相反的，遺忘等於放棄學習，原諒等於接受一次次燒傷、摔下。

如果愛情如尼采所說，只是由弱者讓強者覺得有罪所發明出來的虛幻架構，爲他們的自由和殘忍設下界限；原諒便是強者回贈弱者的求死工具，或成爲更誠心的附屬品，讓犧牲的一方停止鬥爭，合作，以繼續。

不能原諒的 Unforgivable

我們最無法原諒的，不過是那些我們認定不應該存在我們世界裡的。一切事物都存在，但你拒絕它出現在你世界裡。那些我們所沒想到的，無法接受的陌生物事。我不敢相信——你不敢相信是這樣。不被原諒不過因爲侵犯了他人的世界——以陌生的異物驚動原本的規律。是相信、熟悉、和接受的反面——不可置信、陌生、無法吞嚥。

不被原諒的 Unforgiven

把手伸進口袋裡，裡頭卻是一把利刃。但你可以選擇握住那把利刃——它是派得上用場的。

大風吹

Musical Chairs

他說：一輩子 我 只要有你就好了
有了你 吃東西才有味道 才有什麼想得到
你知道嗎，他說，你
是一切事物的指標。

他找到了我；我
很羨慕他。

喊大風吹的時候
我找不到一張椅子坐下
我蹲著
極其悲傷地變成了一張椅子。

記住你將會死亡

Momento Mori

約翰・厄文雖然不是什麼有意思的作家，但堅持寫篇幅甚巨的長篇小說卻值得加冕。只要一本放在床頭，就像一罐半滿的安眠藥，每次睡醒就打開床頭燈看一點，怎麼也過不完的長夜也終究會過去。書籤還只放在正中間。不至於精彩的讓人得一次看完，也不至於讓人倒胃口到無法下嚥。適合種種打發不了過不完的時間。

你不正等著時間看書寫字嗎？你說。那是樹林裡的晨光，不是像塊疲倦抹布的晚上。溫度正往零下一度度掉下去，走在路上像在冷水裡泅泳，難以搆及的岸邊總在不遠的前面，逐漸背叛你的雙腿卻像隨時會停止運作的兩塊機械。

雨掛在路燈下，一個人也沒有，你記得另一個城市的紅磚道，那離開你很遠又很近。遠到像一本書還是夢裡的情節，近到像你幾分鐘前才讀完，或是，從夢裡醒來。

你們生活在不同的時區。越來越像一個房子裡的兩個室友，見面會微笑那種。但是睡在一個床上。他在午夜穿上西裝，到賭場上班；你在早上起床洗澡，出門通勤。好不容易遇上兩人都醒著的時間，他會告訴你一些夜裡的故事，那些人的執迷和痴狂。那是全世界最樂觀的一群人，相信運氣如未見之事的實底，帶著殉教一樣的決心和天真，一次次地拿著大把鈔票回頭。再一次，再一次！我們都是信念的妓女。

羅馬將軍在軍隊後拉緊韁繩，對大多是奴隸的士兵大喊，提醒死亡後有更大榮耀；畫家把頭骨放進圖畫裡，意思一樣。Momento Mori，記得你將會死亡，所以⋯⋯是提醒世間一切虛無的道德暗示，在相信死後世界的前提下。

我記得我將會死亡，我不記得的是我的出生。我不記得 where why and how，也沒有權利決定。一開始就是他人意志使然。你只能接受生命，解決問題。那些幸福時刻卻如雪地裡手握一只青鳥，壽命短暫，受者和保護者都在顫抖。我記得我將會死亡，但卻不記得一切有過什麼意義。

所有經歷都是回憶

All our Expression are merely our Impression

1

巨大的夢一般的蛋糕，一切一切，都緩慢地在倒塌。牆角生出灰塵、蛛網、油漬，眾人在俄國大公的長桌上愉快地吃喝，煞有介事地談論其一、其二。成功如何，幸福如何，桌上美饌醇酒如何，捧著一頭一臉苦心經營的裝飾，要來互尊對敬。人生苦短，哪得每個人生都嘗一口，又期待永誌不忘；人生苦長，歌詞已盡，曲還沒有停，眾人還站臺下看你。

只發生一次的事如同不曾發生過，輪迴所以一切事先被原諒——寫字的人，和定律作對，一次次重複，拖住時間事件，釘在紙上，再說——不原諒。

大理石一樣完美的奶油在往下滑，極慢極慢，但我的時間總比人快，灰塵幾乎厚到屋頂，或像龐貝火山灰將眾人來往姿勢瞬間掩蓋。

誰也對我生氣，因我如何不甘心，在宴席中大咳，心都要掉出來。

2

想一個偶像來崇拜信賴，如信念轉成實體。很荒謬。信念便是信念，怎能轉成實體。

3

所有經歷都是回憶。

如果不是，便從來不曾來過。

4

二十五年長齊以後，留待三倍的衰老，往下頹敗。用盡全副心力維持，仍然爾爾；過份便不似人，逆反自然得靠化學捧出來。於是，唯看誰交易做得合當，是拋售青春如香蕉一般，生斑之前早早摘下；還是像一朵曇花，等到深夜也不驚慌——就怕眾人眠眠，隔天早上，凋得無聲無響。

這些都太刻意了。

5

我還沒有人生是線型的實在感。

盛夏寒冬

Winters in July

手裡拿著一本書，一張葉子，一封信，一張照片，轟轟轟地在燒。

又或者，只是我一個人，在這裡或那裡，不動聲色。

喉頭到胸口，塞滿了乒乓球，用拇指測量，大概有四個。

口袋裡藏著現金，書裡夾著照片。愛是暫時的，錢是永遠的，但連現金都會過期。

這些彩色的紙，靠巨大的謊言流動，所謂的互相信任，我們一起裝傻。

錢沒有本質，它是概念、象徵或譬喻。是食物、衣服、山洞，或信任、權力、心意。包羅萬有，每一次交換都是三千年的政治累積。

照片裡你仰著頭，他拿手爲你把髮鬢夾在耳裡。照片裡的人一口一口氧氣活下去，直至相許永生，直至與他人相許永生。直至永生不說話。

好險沒永生，倒有暫死。

燒一隻手，一條手臂，一套西裝和黑色的領結。

*

《復活節遊行》，理查·葉慈的每個故事都有歌唱，都是些快樂的歌。我不會唱。

痛哭才想起好久沒有痛哭。又或者我忘記了。忘記了好多事。

*

我在秋夜的月光躺下，醒來被枯葉掩蓋，背後與土血肉不分，眼前微光腥涼，我睡了幾個冬日，一切都變樣。一切都一樣。

人類互相愛惜，然後輕蔑，然後得意，然後後悔。

心窩可剜出一枚爛土，冷硬的灰色爬在臉上，拂不去的面紗。

秘訣是隨隨便便。不要入耳，不要移動，不要眞誠地做出反應，不要當眞，不要生動，不要自認泳技過人。順著時間的長河而下，直到大海將你融化。

讓她來我們中間
我們爲她戴上花圈
來啊開口大聲合唱
你可以拍手或吃巴掌
把左腳放在右腳前面
再讓它退回原位
就像追逐卻向後退
最後都在山崖裡面
就像追逐卻向後退
最後都在山崖裡面

模擬

Imitation

躺著
交叉雙手
放在胸口
閉上眼睛

我在虔誠地做一種
我是其它事物的模擬

一顆樹
子彈
一瞬間
一塊土

成功以後
再沒有一個夢會來找我
所有想法都消失
已經忘記
所有不想記起的事情

沉船
桂花
裁縫多出來的衣領
一條狗。

一瞬

Presence

一日 Present

面對生活總是歡樂的：無垠的夏日，透明又看不透的藍天、白雲一捲捲一塊塊地各種狀態，對面的白襪貓慢吞吞地過馬路，躡手躡腳地踏上窗前的綠地，姿態像踏上一塊豪華柔軟的長毛地毯。春季剛出生的兔子不知從哪一蹦蹦地跑來，片刻不知去向。

城市裡，高樓大廈在彼此的玻璃帷幕裡層層疊疊，像巨大閃亮的糖果紙等著被剝開。各種樣子的人在每一站上車下車，細微的動作、表情和衣著都有故事。得意的、失意的、有意無意的，一個人一個星球，表層和地心各有成份不同，用自己的方式運作。

面對生活總是歡樂的，許多簡單快樂的片刻，結合起來便是一個愉快的樣子。兩個月、三個月從手中過去了，像是甚麼也沒發生或發生了許多，其實都是一樣的。人要面對生活，一餐餐、一日日，用電影、用作品、用書籍、用薪水條或專案做爲測量都好。

要過生活，不可旁觀，因爲生活如斯可愛。敬禮、牽手、旋轉、旋轉、旋轉；你暈眩，你甜蜜，你踏在雲端，你笑得全無心機，一杯香檳冰涼地從喉頭滑下去，身體裡響起金色煙火，砰砰作響——再來——音樂未停，它不會停，要一支舞一支舞不停地不停地跳下去。

一瞬 Presence

八點五十八分，日剛剛落。眼前出現一種從未看過的顏色。一種童年才應該出現的橘色從窗外撒進，抹上書桌，窗台和靠著兩者的床。你怔住了半晌。

一切有些不同。

你有種奇妙的感覺，像突然有種新眼光，重新看見眼前早該熟悉的場景。這些層層疊疊併在一起的桌角和書籍——是的，你的人生，它在這裡，暫停不動。你輕輕靠近它，你，你的意識，那光塵輕輕托著你，在這裡，就僅僅在這裡，在同時存在的所有宇宙中。

一生 Près

若聞問生命的本質，你知道會有什麼。

快樂容易，給予快樂也容易。那麼再要一些，再一些……你需要更多。停不住，對生命猛撲——任性、撒野、嚴厲、荒唐、果敢、謹慎避開、予取予求，該有的都不放過。

你撲空，你失手，你跌在地，你爬起身，你覺得自己好笑，哈哈哈大聲笑。那笑聲有傳染性，哈哈哈全場全和你一起笑了。

在永恆中等待

Waiting in the Void

過去

因爲大腦處理光的方式不同，每個人眼中見到的顏色也不同，你眼中的藍色恐怕不是我眼中的藍色，而語言裡的「藍色」只是我們概括地達成共識的方法。同樣的，時鐘上的標準時間和我們感受到的主觀時間也從不相同，等待的人感覺時間過得很慢，往目的地趕過去的人卻恨不得時間能慢下來。

我們的「主觀時間」來自後腦釋放的化學成份，會因成份多寡而和「標準時間」有所差異。藥物和經歷可以改變人對時間的感知，有些增快，有些減緩，於是會有「快樂的時間一下就過去」，和「一生浮過眼前的瀕死經歷」。

年輕人的主觀時間比標準時間快，隨著年紀增長，化學成份改變，主觀時間也逐漸變慢。開始有不同領域的專家從多方證實，人過中年其實比年少更快樂。年輕人較容易記得和危險、傷害有關的記憶，年老卻讓人記得好事，逐漸忘記不快樂。於是年輕人往往不願意活太久，老年人卻希望生命得以持續。

現在

英國音樂家 Clive Wearing 在一次感冒中，病毒破壞了大腦紀錄長短期記憶的海馬體。從此以後，他不斷反覆地活在七秒到三十秒左右的「當下」。他仍能彈奏樂曲，但精神永遠感覺像剛從長眠中醒來。他忘記了所有人——包括自己的前妻和孩子。他甚至不知道自己吃的是甚麼，因爲他不記得任何食物的味道。

但他保留了某種程度的情緒記憶。除了還能彈奏樂曲，他還記住了病發前一年新婚的太太 Deborah，每次看到她的時候都似久別重逢般萬分感動，就算她只是去煎了一顆蛋。

未來

然而沒有多少人能像 Clive 這樣專注於當下。大部份的時間裡，人們在腦中重寫過去，或想像未來。因為自由基和基因學的研究發展，我們很有可能是不用死去的一代。或許未來問我們的問題是：你是否真的想要永生。

但我不想永遠，也不想記住過去和未來。如能忘記一切，只留下浮雲般的等待，一次次純粹的重逢，像孤島等到了帆船。那麼就讓我在那裡逐日老去，消失於無垠。

秘密

The Dying Secret

可怕的祕密已經死了。

像過去的春天
秋天
曾經再怎麼鮮活
已經過去了。

（跋）

最喜歡火車。喜歡那不動的移動，喜歡那往黑暗裡奮不顧身的勁頭，更是因為童年，爺爺時常背著身為長孫女的我，下樓，走進路燈照著的小巷，拐個彎，就能看到火車了。黑夜裡能看到多少也很難説，但那聲音就多麼教人興奮！我在那學會了等待，學會了目送，學會了車來車走，學會了旁觀這世界的各種模樣聲響，津津嘖嘖，回味無窮。

長大以後，母親告訴我，她剛結婚的時候，時常去同一個地方，沿著鐵軌來回走。婚前工作的母親因父親望族家的傳統成見，婚後不能再出去工作。她在家裡等啊等的，等到父親前，先等出了怨。年輕氣盛的父親若不耐煩地説了幾句，等他出門以後，她便一個人在鐵軌上散步，想著各種死，就這樣懷了我。

可能因此，我對生死的態度從來有些不同，總覺得它們是同一件事，靠得這樣近，像同一扇門的兩邊。我們最巨大的害怕，不是來自被母腹推出，第一次感覺世間萬事不可違逆的痛苦嗎？懼生在懂事以後變成了懼死，害怕那陌生不可知的，害怕那自己不能控制的。我們害怕死，像我們害怕生。

我們從詩意的概念中，生到這污糟的世界裡來，萬塵萬峰，爬到肉體終於徹底衰亡的一刻，才能終於回到那靜默如光的皚皚黑暗裡。像褪色的墨跡，一點點地完全消亡，直至分子電子基本粒子。肉體是靈魂的載體，也是相作用的負擔。肉體死了，靈魂重生。於是生何喜，喪何慟？

我在這個世界沒有問題，這個世界就是我的問題。

活著就是我的問題：我的存在不來自我的意志，我只是存在了。

留著我的，只有好奇。因為無法解釋，於是可以虛擬各種答案，自己的，別人的。「活著」本身讓我好奇。像期待那沒有定時的火車，從遠方嗚嗚而來——不抱期待的等待是最純粹的等待——我只是等你經過。火車來是為了離開，但一旁的我經歷了它，它的氣味、體溫、聲勢、動態，它在我心中永存的美感，概念形成、實踐、驗證與改變的各式蓬勃生意。

這就是我第二本書了。

沈意卿 November, 30, 2015'

桃紅柳綠 生張熟李

文字／攝影　沈意卿
編輯　劉霽
美術設計　張閔涵

出版　一人出版社
地址　臺北市南京東路一段二十五號十樓之四
電話　(02)2537-2497
傳眞　(02)2537-4409
網址　alonepublishing.blogspot.com
信箱　alonepublishing@gmail.com

總經銷　聯合發行股份有限公司
電話　(02)2917-8022
傳眞　(02)2915-6275

二〇一六年二月　初版
二〇一七年三月　二版

定價新台幣三三〇元

國家圖書館出版品預行編目（CIP）資料

桃紅柳綠 生張熟李／沈意卿著. —— 初版. —— 臺北市：一人，2016.02

面；　公分

ISBN 978-986-92781-0-2（平裝）

855　　　　105000741